“所谓因果，
其实是一种热力学现象”
喜欢说教
忧郁
深沉
咖啡成瘾
研究方向冷僻
位置尴尬
正直
冷山大学
博士学位
稳重
克制
体能优异

荒白教授

年龄 32岁
身高 182厘米
体重 80千克
血型 O
籍贯 北京
身份 冷山大学人类学教授
隐藏技能 空手道和柔道黑带

秦子

年龄　19岁
身高　178厘米
体重　70千克
血型　A
籍贯　上海
身份　冷山大学人类学专业在校生
隐藏技能　暂时保密

家庭关系疏离
不耐烦
本性善良
冲动
热情
异国成长经历
痞气
喜欢抱怨
好奇心
童年坎坷

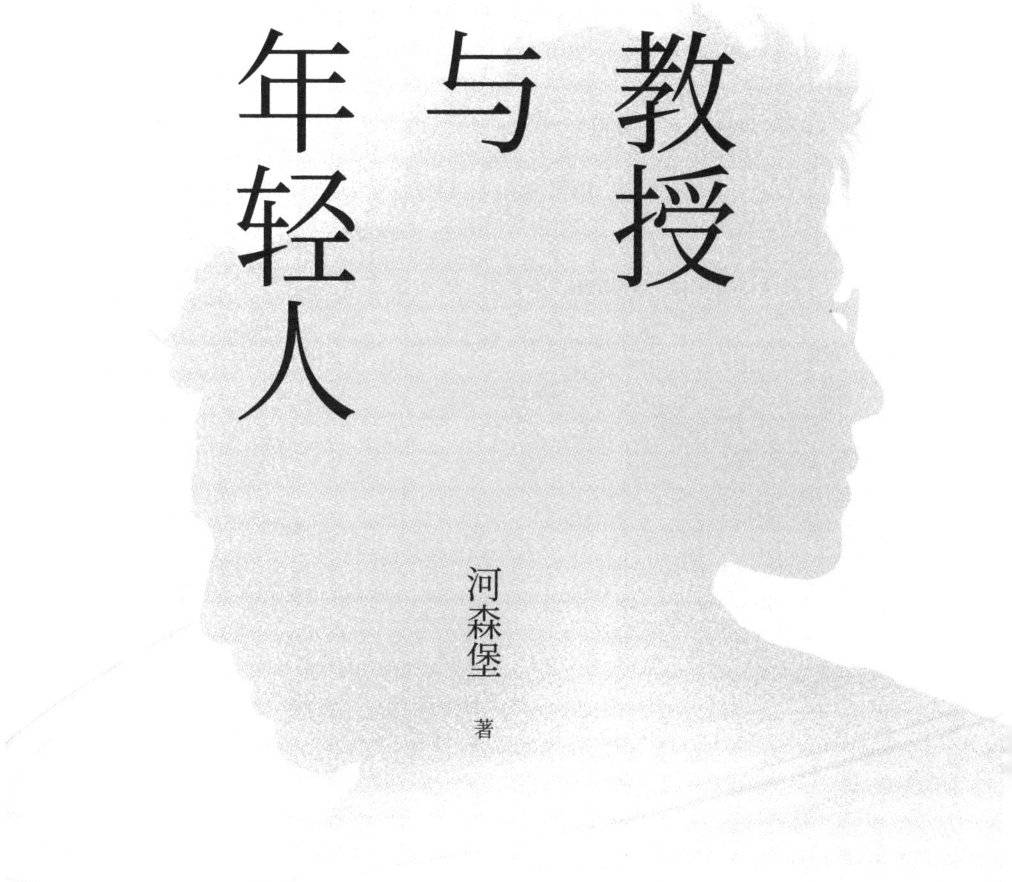

教授与年轻人

河森堡 著

中信出版集团 | 北京

图书在版编目（CIP）数据

教授与年轻人 / 河森堡著 . -- 北京：中信出版社，2022.7

ISBN 978-7-5217-4340-1

I. ①教… II. ①河… III. ①科学小品－作品集－中国－当代 IV. ① I267.3

中国版本图书馆 CIP 数据核字（2022）第 072857 号

教授与年轻人

著者：　　河森堡

出版发行：中信出版集团股份有限公司

（北京市朝阳区惠新东街甲 4 号富盛大厦 2 座　邮编　100029）

承印者：北京联兴盛业印刷股份有限公司

开本：880mm×1230mm 1/32　　印张：8　　字数：165 千字

版次：2022 年 7 月第 1 版　　印次：2022 年 7 月第 1 次印刷

书号：ISBN 978–7–5217–4340–1

定价：69.00 元

目 录

/ 叁 /

我们沿途的烟火
社会生活篇

/ 肆 /

我们追寻的彼岸
认知思辨篇

楔子

“荒白教授，请您理解，不是学校不挽留您，而是……”办公室的落地窗前，校董因背光化作一道黑色剪影，他坐在办公桌后，双手在胸前支成桥形，虽措辞礼貌，但却没有请桌子对面的那位教授坐下。

“而是什么？”

“而是学校也有难处。想必您感觉到了，疫情开始后，各行各业都度日艰难，咱们冷山大学是所私立学校，虽然有各界校友鼎力相助，但我们眼下的财政处境已经很难继续支持您的工作了。”

桌子对面的荒白教授双手插兜，双眼直视着前方。“校董的意思是……？”

“我们决定撤销冷山大学人类学专业，请您理解。”

“我不理解。”荒白教授把双手从兜里拿了出来，但似乎不知道又该把手放哪儿，于是重新插进兜里。

校董清了一下嗓子，道：“荒白教授，请别这样，我相信您心里一定是清楚的，您身为教授，研究成果在学界的影响十分有限，不是吗？”说到这儿，校董往后靠到转椅背上。“请别误会，我没有质疑您的能力的意思，我是说您的研究方向，怎么说呢……太边缘了，靠某种几乎灭绝的原住民语言来解释人类如何归纳因果关系，您的论文只怕全世界都没几个人能看懂吧？”

荒白教授插起腰，反驳道：“不，至少有三个人能看懂，他们分别是剑桥大学的安德森教授、希伯来大学的……”

校董抬手打断他的话：“学校设立了人类学专业，却一直无法在相应领域得到声誉上的回报，我不知道该怎么向董事会交代。或许，荒白教授能教导我一下？”

荒白教授反问：“据我所知，冷山大学也不是所有专业都能给学校带来声誉上的回报吧？”

校董道：“您说得很对，确实如此，但那些专业却可以为学校带来营收，这同样是人类学专业做不到的。之前校董事会尚且可以对您宽容，但眼下经济变成这副鬼样子，学校也是力不从心。”

荒白教授抬起头。“你刚才说的一切，不是名就是利，但依我之见，名利并不是人类学的重点。让学生体会到人文自然之美，通过感悟人类文化的多样性而反思完善自身，成为一个更好的人，并最终增进人类社会的幸福，这才是人类学的意义。”

校董轻轻地鼓起掌来。“荒白教授，我完全同意您的观点，刚才我谈了太多的名利，沦于庸俗了。那好，咱们不谈名利，就谈您的育人之道，怎么说呢……您的理论听起来自是十分浪漫，闪耀着理想主义的光辉……”说着，校董连续打了几个响指，仿佛四周在闪着小星星，“可是，您根本招不到学生啊，不是吗？咱们就算排除所有的名利因素，只说育人，我实在是想不出一个根本没有学生的专业继续存在的理由。”

荒白教授说：“我当然有学生，昨天我刚刚接到通知，有个男生进入了人类学专业。”

校董笑道：“荒白教授，我今早和那位同学谈过了，他不是主动选择的人类学专业，而是被随机调剂来的。很抱歉，这是我们工作的失误，教务处的同事还不知道人类学专业已经被取消了，我可以把这位同学换到其他专业，就不给您添麻烦了。”

荒白教授皱眉道：“你怎么可以自作主张？”

校董耸肩摊手，说：“怎么是我自作主张呢？我把这位同学叫来了，不信您听听他自己怎么说。”言罢，校董在桌子后探身朝门口喊：“秦子同学，请进来一下。”

门开了，一个男生朝两人微点了一下头，走了进来。这位男同学留着短发，眉毛黑而平，不自觉地撇着嘴，身穿棕色短款皮夹克、牛仔裤和火红色运动鞋，皮带扣微微闪着金属光泽。走进屋时，他两眼四处打量，带着一丝不屑，气质上给人一种天真和痞气混在一起的古怪，犹如一匹龇牙咧嘴的小狼。错身时，荒白教授能闻到这位男同学夹克上的皮革味。

校董向前俯身，笑道：“秦子同学，我有个好……不，坏消息要告诉你，人类学专业刚被取消了，学校会把你调到其他专业去，你没意见吧？”

秦子耸了一下肩，回答：“无所谓，调吧，只要不去医学院，哪儿都行。”

校董瞥了一眼荒白教授，笑了，打开笔记本电脑，说：“我帮你看看，现在哪个专业适合你……”

荒白教授站在秦子身后，语气清冷地问：“秦子同学，你为什么选择人类学专业？”

秦子两脚没动，上身侧过来，斜眼看了看教授，哼了一声，说：“我没有选择人类学，是教务处的老师给我调剂的。除了医学院，去哪儿我都无所谓。”

校董看着屏幕说：“秦子同学，工商管理专业还有名额，怎么样？想去吗？”

秦子耸耸肩：“无所谓啦，都行。”

校董又打了几个字：“物理专业也有名额，秦子同学有兴趣吗？”

秦子有些恼火：“我都说无所谓啦！”说罢，他把手插进皮夹克的兜里，又小声嘀咕了几句怪话，嘴里还发出几声舌头的弹响。

校董愣住了，抬头看秦子，问道：“秦子同学，你刚才说什么？”

秦子翻着白眼，说：“没说什么，您快点儿吧。”

此时，荒白教授在秦子身后，缓缓张口道："秦子同学，你刚才说的是科伊桑语系中的'虹语'[①]，这种语言在非洲南部只有不到一千人在用。如果我没猜错，你家里的长辈中有无国界医生，对吧？"

刚刚还吊儿郎当的秦子听罢此言，浑身一哆嗦。他猛地转过身，双眼瞪着眼前这位叫荒白的教授，脑门儿上一层冷汗冒了出来。

荒白教授微笑道："看来我说中了。"

秦子愣在原地。"你是什么人？竟然调查过我?!"

荒白教授摇头。"我没调查过你，是你自己告诉我的。你刚才说虹语时，口音很正，这说明你在儿童语言发育期就生活在虹语文化环境中。一个中国小孩不可能自己去非洲南部，大概率是被长辈带去的，但在我的印象中，你小时候，虹语使用区还没有中国企业和施工项目，在那里活动的中国人大概率是医生——无国界医生。还有，你之所以刚才拒绝去医学院，想必也是对父母安排的叛逆吧？你和你父母的关系应该不太好。"

秦子双眼瞪得老大，身体微微颤抖起来，脑门儿上的汗汇流而下，头发都潮湿了。荒白教授则依然双手插兜，盯着秦子，目光仿佛穿透了对方的皮肤和肌肉，直接盯进骨子里。

秦子微微咬牙，问："你这家伙到底是怎么看出这些的？"

荒白教授走到秦子面前，居高临下地盯着他的双眼，说："秦子同学，这就是咱们第一学期要学习的内容了。"

---

① 此处的"虹语"为虚构，其在现实世界中的原型是宏语。

屋里安静了。校董看了看荒白，又看了看秦子，眼珠转了一下，赶紧拿起桌面上的电话，拨了分机号，对着话筒说："喂？工商管理学院吗？我这儿有个学生，现在要调到……"突然，电话被按挂了，校董抬头一看，按掉电话的正是秦子。

校董嘴角抽搐道："秦子同学！你这是什么意思？!"

秦子的手依然按在挂机键上，他没看校董，反而转过头死死地盯着荒白教授。"我还以为一个在学校里混不下去的教授是个草包呢，没想到……有两下子……"

荒白教授冷静地说："秦子同学再这么和老师说话，期末考核要扣态度分了。"

秦子咧嘴露出两颗虎牙，笑了。"我决定不调专业了，就留在人类学。"

校董脸色阴沉，刚要发作，突然被荒白教授抬手制止了，只听教授缓缓开口道："校董先生，你刚才亲口说不谈名利，只谈育人，而现在有个学生等着我去教育，校董的意思如何呢？"

校董把电话听筒捏得咯吱响，他放下听筒，慢慢坐回皮面转椅上。"好……咱们就谈教书育人，但育人水平不是老师一个人说了算的！第一学年结束的时候，学校董事会将仔细听取学生对老师教学的反馈意见，如果教授的工作不能让学生满意，那到时候我身为校董也保不住荒白教授的工作！"

荒白教授冷哼一声："一言为定。"

校董深吸一口气，脸上重新挂起了笑容。他绕过办公桌，把手搭在秦子同学的肩上，和蔼地说："秦子同学，冷山大学不是

‘一言堂’，没有教师暴政，是个民主风气浓厚的地方，如果你觉得老师在教学或者日常生活中有任何失范行为，可以随时向学校反映。”

秦子斜眼看向荒白教授，坏坏地笑道：“随时？”

校董拍着胸脯说：“当然！随时！你找我就行！我把手机号留给你。”

离开校董办公室，荒白教授和秦子同学一起向新生宿舍楼走去。那天上午，阳光明媚，来来往往的都是拖着行李的新生，还有迎新的学生会干部。荒白教授扭头对秦子说：“秦子同学，师生之间相处，最重要的就是信任，有事情咱们两个私下解决。”

秦子挑眉看着教授。“怎么着？荒白教授，您怕我去校董那儿告状啊？”

荒白教授耸了耸肩，说：“倒也不是，我就是觉得互信的人际关系更轻松一些，比如，我一共也不会几句虹语，但恰恰就听懂了你刚才在办公室里说的脏话，可我并没有翻译给校董。”

秦子的脸唰的一下就红了。

荒白教授摊手道：“你看，这就是咱俩之间一个好的开始，不是吗？”

我们足下的土地

历史文化篇

壹

研究甲骨文有什么用？

秦子坐在沙发里，跷着二郎腿。“教授，我看您半天了，您为什么要摆弄这些乌龟壳子？”

荒白教授在台灯下依然低着头。“乱说，什么乌龟壳子，这是商朝龟甲的复制品，刻着甲骨文。”

“商朝……那得有 3 000 多年的历史了吧？”

教授说：“嗯，差不多这么久。这些文字严格来说是卜辞，也就是殷商贵族和巫师占卜的记录。”

“教授，我不懂，您研究这些龟甲上的符号有什么用啊？您整理这些玩意儿能赚多少钱呢？”秦子说罢，站起身，走到办公桌边上，拿起一片龟甲撇嘴瞅了瞅，然后“啪”地搭在桌子上。

教授转身看着秦子。“秦子同学，你知道精神共同体吗？”

“什……什么共同体？”

“精神共同体，包括尤瓦尔·赫拉利在内的很多学者都论述过这个概念。你看，咱们学校就是一个精神共同体。”说到这儿，教授站起来，插着兜看向窗外的校园，“假如明天咱们学校突然把所有的学生都开除，所有的教职工也都离职，所有的教学楼和宿舍都被夷为平地，那你说咱们学校还存在吗？”

秦子愣住了。“不存在了呗……都成废墟了……”

教授摆手道：“不，还是存在的。只要我们愿意，我们就能重新盖起教学楼，重新招聘教职工，重新录取学生，进而重新开展教学和研究工作。如此一来，咱们学校就依然存在。”

“您这么一说也是啊，原来咱们学校能永恒不朽！”秦子笑了。

教授摇头道：“不，并非永恒不朽。只要上级部门下达一个行政命令，取消咱们学校的编制，解散咱们学校，那么就算老师依然在教室里给同学们上课，研究生们依然在实验室里写论文，咱们学校也不存在了。”

秦子满脸困惑。“那您的意思是……”

教授一手插兜，一手指向窗外，说：“咱们学校其实只是一种抽象意义上的存在，它存在于人们共同的想象中，只要大家相信它存在，它就存在；如果有一天大家不相信它存在，它就消失了。这便是精神共同体。”

秦子耸肩摊手道：“教授，您的意思我明白了，可这和甲骨文有什么关系？”

教授叉起腰，靠在写字台边缘。“不仅咱们学校是精神共同体，这世界上很多集体都是——公司、单位、企业、集团……乃至国家。”

“国家也是精神共同体？”

“斯皮尔伯格导演的《间谍之桥》里有这么一段情节，汤姆·汉克斯饰演的美国律师接受委任，为一个被捕的苏联间谍辩护。你要知道，那可是在冷战时期，这个律师承受的舆论压力可想而知。”教授端起咖啡抿了一口，“有一天晚上，律师发现自己被跟踪了，他没能甩掉对方，最后只得和跟踪者坐下来交谈。律师发现跟踪他的是个特工。”

秦子挑起一侧眉毛，道：“特工？”

“嗯，中情局特工。特工要求律师以国家安全为重，交代苏联间谍向律师坦白的情报，但被律师断然拒绝。”

“为什么？”

“律师看了特工的证件，发现特工有个德国姓氏，这说明特工祖上是德国人，但律师却是一名爱尔兰后裔。律师反问特工，为什么一个德国人的后代和一个爱尔兰人的后代都会认为自己是美国人呢？因为他们共同相信一个东西，那就是美国宪法。正是对美国宪法的认同，使得他们都认为自己是美国人，从属于一个精神共同体。也正是出于维护宪法的尊严，律师必须拒绝特工的要求。”

秦子一捶掌心。“我明白了！所以那个律师认为美国这个精神共同体是基于美国宪法的，咱们中国也有类似的基础吗？”

教授放下咖啡，正色道："当然有，而且我们的基础深厚、博大、恢宏得多，那就是我们的文脉。"

"文脉？"

"是的，中国的文脉。这条文脉由历史上无数伟大的文章串联，也正是在这条文脉上，隽永的思想和慷慨的悲歌都被汉字这种符号承载，从《诗经》到《春秋》，从《琅琊刻石》到《过秦论》，从《兰亭集序》到《祭侄文稿》，从《过零丁洋》到"祭黄花岗七十二烈士挽联"，乃至从清帝退位诏书到人民英雄纪念碑上的铭刻，每一撇一捺、每一横一竖都与殷商时代的甲骨文一脉相承，无缝衔接……"

秦子呼吸一滞。

教授走到秦子面前，凛然道："从上古时代巫师请示鬼神的甲骨，到如今学者叩问宇宙终极真理的论文，数千年过去了，书写的载体虽然变了又变，但那些承载中国人情感和知识的抽象符号却始终传承，没有哪怕一分一秒的中断。人类历史中几大古文明，做到这点的只有我们一支而已。"教授说着，缓缓伸出食指比画出一个"1"字。

"正是从甲骨文历经千载传承发展而来的这套符号系统，在当今将东亚十几亿人凝聚为一个精神共同体，这就是为什么同胞们虽然身处各地，却永远是一个不可分割的整体，这便是同文同种，这便是……巍巍华夏。"

教授慢慢举起一片甲骨，递到秦子面前。

秦子脸红了。"教授，我明白您研究的意义了，很抱歉用失礼的问题打搅您。”

教授转身，回到写字台前。“并不失礼，很多人都会问和你一样的问题。你走时把门带上。”

秦子在关门之前又看了一眼教授的背影，只见迷离的灯光中，教授面前的写字台仿佛突然铺展开去，变成了一片望不到头的原野。教授前方隐约站着无数的人，有的穿着朝袍，有的套着铠甲，有的拿着毛笔，有的捧着竹简。在人群的最远方，伫立着一个蒙面巫师，他身着白衣，头戴彩羽，在细细的低语呢喃声中，其手中刻有符号的甲骨在火光中开裂了，伴随着“卟”[①]的一声，启示再一次从渺远的上古走来。

---

① “卟”在古代读作 jī，意为占卜，作者在此处使用了“卟”古代的意义和现代的读音。——编者注

“崇洋媚外”是种什么心态？

荒白教授趴在桌子上，屏息凝神，正画着一张科林斯柱的临摹图。秦子蹑手蹑脚地从他身后走过来，看了一会儿，不解地问：“您这是在画什么呢？罗马柱？”

教授突然被打断专注，一笔画歪了，叹了口气，于是放下画板，站起来去冲咖啡。“罗马柱是一种不确切的表述。这是科林斯柱式，起源于希腊。”

秦子看了看教授桌上的一沓稿纸，上面画满了类似的图案，撇了一下嘴，一屁股坐到办公桌旁的椅子上，抱起胳膊说：“奇了怪了，您为啥把这么多精力放在西方人的东西上？多看点儿咱们自己的东西不好吗？我觉得您这属于崇洋媚外。”

教授给秦子端了一杯咖啡，又拿起勺子搅拌自己的那杯，低头问："秦子同学，你知道'坐'这个字最早是怎么写的吗？"

秦子愣了一下，摇了摇头。

教授说："在甲骨文里，'坐'字看起来就像一个人跪在席子上。在先秦时期，'跪'和'坐'本是两个含义几乎相同的字。在渺远的上古时代的某些祭拜仪式中，受祭者要摆出稳重肃穆的姿势，那种挺直后背、将臀部置于自己脚踝之上的跪坐姿势就是祭拜仪式中的规范坐姿。"

秦子端着咖啡皱眉听着，一副不解的样子。

教授说："后来到了殷商时期，鬼神崇拜达到极盛，宗教几乎占据了人们全部的精神世界，而宗教活动中的礼仪也因此溢出，进入日常生活。跪坐成为商朝人坐姿的常态，殷墟出土的骨骸上脚趾骨和膝盖处的磨损即是直接证据，跪姿的人形玉器和甲骨文中诸多字体的结构也从其他角度有力地印证了这一点。"

秦子耸肩，问道："所以呢？您到底想说什么？"

教授不慌不忙，继续搅拌着手里的咖啡。"殷商覆灭后，周人继承了商朝人的不少文化习惯，跪坐便是其中之一。在周朝礼制中，跪坐成为一个有教养的人在严肃场合下的规范坐姿。从两周到两汉，甚至是南北朝的部分时间里，跪坐都被视作中原文化的标准礼仪，像你这种小腿垂直于地面的坐姿在学术中叫垂足坐，曾经被视为野蛮民族的陋习。"教授说到这儿，意味深长地盯着秦子，举起咖啡抿了一口。

秦子有些尴尬，挺直后背，摸了摸椅子把手，问："那后来中国人是怎么开始在椅子上垂足坐的？"

“几乎可以肯定的是，椅子一类的高足坐具来自西方，确切地说，来自地中海世界。你若不信，就看看古巴比伦的《汉穆拉比法典》上的坐姿，看看古埃及图坦卡蒙金椅上的坐姿；古希腊文明在某种程度上是两河文明与古埃及文明在巴尔干地区的孩子，你再看看古希腊陶器上绘制的人又是怎么坐的。”教授端着咖啡，眼镜片上出现朦胧的雾气。

秦子用手机搜索了一下“汉穆拉比法典”，看到其上部的浮雕，惊了。

“图坦卡蒙法老大概生活在中国的殷商时期，考古学者曾经发现一把属于他的椅子，和你坐的这把在结构上几乎一样。”教授看到秦子似乎心虚起来，捏着银勺继续补充道，“亚历山大大帝东征之后，地中海地区和南亚次大陆在文化上有了剧烈交融，垂足坐很可能借此在古印度扩散开来。之后，在阿育王统治的孔雀王朝时期，佛教逐渐兴盛，垂足坐又伴随着佛教的传播进入中原文明。也正是在佛教大兴的南北朝时期乃至之后的隋唐，垂足坐逐渐取代了跪坐，成为中国人坐姿的常态。”

说到这儿，教授伸手指向秦子，说：“所以，你现在的坐姿并不是周公和孔子的坐姿，而是汉穆拉比和图坦卡蒙的坐姿，是亚历山大大帝的坐姿。你自己明明像西洋人一样坐着，却指责我慕洋，这真是让人感到困惑。”

秦子噌地站起来，脸红了，挠了挠头，说：“教授，没想到，确实没想到，我也一不小心慕洋了。”

教授摇头，说：“不，不要用‘慕洋’这个词。关于洋人做的荒谬邪恶之事，我能和你连说 72 个小时不重样，但这并不意味着我们不能接触一切有关‘洋’的事物，特别是那些美好的事物。你在喜欢一个东西的时候，不要把‘洋’或者‘中’这样的字眼当标签，更不要用这些标签粗暴地干涉别人。你做我的学生，就得学会理性思考，而要做到所谓理性思考，就应该具体问题具体分析。”

秦子摊开双手，说：“教授，您刚才提到喜欢一个东西要拒绝‘中’或‘洋’这样的标签，那到底应该喜欢什么、‘慕’什么呢？”

教授喝完咖啡，放下杯子，看着自己学生的眼睛说：“年轻人，你应该慕真、慕善、慕美，无论它们在哪里。”

世俗的华夏

“啧啧，这社会真是疯了，要我说啊，咱这地方就是因为没宗教，所以才有这么多没底线的事。”在傍晚的学校食堂，秦子一边用筷子挑面，一边用手机刷着社会新闻，感慨道，“一个人要是被宗教约束着，就不会做那么多坏事。”

坐在对面的荒白教授看了秦子一眼，没说话，低头吃饭。

秦子捕捉到了教授一闪而过的神情，放下手机笑问：“怎么？您不同意？现在这社会这么堕落，您还一天天地在课堂上告诉我们要热爱这里。我问您，您自己热爱这里吗？”

教授听出了秦子语气中的挑衅，抬头平静地说：“我热爱啊。”

“那您不妨具体说说，您到底热爱这片土地的什么啊？”

教授放下筷子，扶了扶眼镜。“好，就从你刚才提到的宗教来说吧。我热爱这里的一个原因就在于这是一片世俗的土地。”

“呵……”秦子发出不逊的声音。

教授问：“秦子同学，你知道什么状态下的人会倾向于拥抱宗教吗？”

秦子摇头。

“生活中充满不确定性的人会拥抱宗教。当一个人被各种不可抗力左右时，他就会去宗教里寻找庇护，从神仙那里寻找一个笃定的答案。比如，南方某个沿海城市经济发达，思想开放，曾经引领发展潮流，但求神拜佛的风气旺盛，你知道为什么吗？”教授说到这儿，探过身子，压低嗓音。

“不知道……”

“有两个方面的原因。第一个原因在于，过去这个沿海城市里生活着很多渔民，而在技术条件落后的时代，出海打鱼非常危险。渔民有句话叫‘强山不强水’，意思是爬山遇到困难尚且能勉强一下，但在水里就没办法了，淹死就是淹死了。在这种高度的不确定性下，底层渔民倾向于向宗教寻求保佑，这就给这个城市带来了自下而上的影响。第二个原因在于，这个城市后来虽然发展起来了，但没什么实业，立足之本是金融和贸易，而这些很容易被不确定性因素左右。很多当地老板赚了大钱，但却没有安全感，因此他们格外在意宗教。这些占据大量资源和话语权的精英一旦热衷于求神拜佛，整个社会的风气就又被自上而下地影响了。”教授在说这些时，一直盯着秦子，“最终，这个现代化的城市里弥漫着求神拜佛的风气，大街上都能看到算命先生的门前排起长队。”

秦子抬手做了一个请继续的手势。

“这只是问题的一方面。除此之外，一个人对宗教的态度会受到遗传的影响。”

秦子一愣。“什么？这也能遗传？”

教授点头。“是的，双生子研究表明，基因遗传对一个人看待宗教的态度有很大影响，有时甚至是主要的因素。”

“这……”

见秦子的气势已经弱下来，教授继续说道：“你知道为什么中国是个世俗国家吗？”

秦子探过身去。“不知道……”

教授低声说道：“我也不知道，但我可以给你一个我的推测，我认为这是因为我们有着悠久的农耕传统。”

“您又来了，讲个道理要先绕八百里……”

“在遥远的古代，世界上有三种主要生产方式，分别是农耕、游牧、渔猎。虽然我们总说过去的传统农业靠天吃饭，但就对环境变化的适应能力来说，农耕是最强的，渔猎是最弱的。”教授用筷子指着自己碗里的米饭说，“如果生活中的不确定性因素越多，人就越倾向于拥抱宗教，那么生产方式最稳定的农耕就是最世俗的。当然，这是相对而言的。”

秦子看着教授，不说话。

教授说：“刚才我提到人对宗教的态度在一定程度上由遗传决定，那么我们就可以继续推论，一个民族长久以来的生产方式会通过历史的筛选效应影响这个民族的宗教取向。对华夏民族来说，农耕是最主要的生产方式，民间虽然有各种信仰，但世俗力量依然占据着绝对优势，这是因为在相对稳定的农耕文明中，劳动力的时间和精力已经被内卷化的精耕细作瓜分干净。在这种情况下，把精力和资源过度投入宗教是得不偿失的一件事，这与农耕这一生产方式的内在逻辑是相悖的。”

秦子眯起眼。“我怎么觉得您说得这么玄乎呢？”

教授说：“你看过《齐民要术》吗？你要是看过，就会发现贾思勰的这本农书记载着大量农业精耕技术，当时的农民在仔细摸索各种轮作方式，还有播种密度和产量之间的函数关系，南北朝也正是中国的精耕技术逐渐成熟的阶段。但你别忘了，彼时也正是中国的世俗力量和宗教势力殊死搏斗的时代。”

秦子猛然一惊，道：“对啊！三武灭佛……”

教授的声音更低沉了：“所谓灭佛战争，其实从逻辑的底层来看，根本就是世俗政权和宗教团体对劳动力和生产资源的争夺。秦子，你要庆幸中国的世俗力量取得了胜利，否则，在那个生产力落后的时代，中国是否会变成一个超大号的复活节岛也犹未可知。”

听到这儿，秦子的冷汗都下来了。“我看过戴蒙德教授的《崩溃》，波利尼西亚人因为宗教狂热，最后把自己的家园变成了……”

教授的语气仿佛是在讲恐怖故事。“是的，变成了一个荒芜的食人乐园。”

秦子沉默了。

教授缓缓吐出一口气，说："中国之所以是个世俗国家，正是因为我们的社会建立在历史悠久的农耕传统之上，勤劳务实的基因在这里传承扩散，崇奉鬼神的血脉则处于边缘，这就是为什么'子不语怪力乱神'且'敬鬼神而远之'的儒家会被历代中央帝国推崇备至。"

秦子说："可是有些中国人也信鬼神啊，比如说……"

教授举手打断。"当然是有的，但那只是主流世俗之外的杂音，中国历史上真正完全陷于宗教的中央政权只有一个，就是上古时代的殷商。"说到这儿，教授拿出手机给秦子看了一张照片。

秦子吓了一跳。"这是……？"照片里，一件青铜器里装着一颗人头。

"这是一种叫甗（音同演）的炊具，殷墟出土……这个残暴的王朝必须毁灭，否则这片土地上的人们将长久地被宗教束缚，颤抖着匍匐在鬼神的脚下。"教授举着手机意味深长地说，"牧野之战后，中国人逐渐摆脱了对鬼神的疯狂崇拜，转而用礼制去构建一个世俗社会。在之后 3 000 多年的时间里，世俗力量一直死死地压制着宗教势力，中国再也没有出现过一个政教合一的全国性政权。"

秦子说："也不一定吧，教授，我记得清帝国的国教就是藏传佛教中的格鲁派。"

教授点头道："《啸亭杂录·章嘉喇嘛》提到，清朝之所以宠幸黄教，也就是格鲁派，并不是真心崇奉其教义，而是蒙古诸部对其崇信已久，朝廷这么做可以赢得信众的忠诚，以巩固边疆。

尊重但保持控制和审慎便是中国世俗王朝对宗教的主流态度，这为中国孕育了深厚的世俗传统。你很难想象，在政教合一的国家，人们能高喊出‘科学技术是第一生产力’这样的口号，当然，‘赛先生’也没有辜负我们，生产力的爆发和人民生活水平的极大提高便是‘赛先生’给这片世俗土地的回报。”

图 1　装着人头骨的甗

秦子不再说话。

教授收拾碗筷，一边起身一边说：“至于你之前说的道德和宗教之间的话题，我觉得两者之间未必有什么直接关系。一个人是好人还是坏人，不在于是否信仰宗教，更多地在于其自身的选择。秦子，你知道在我看来，什么是最大的道德吗？”

秦子摇头道：“不知道。”

“让这片土地上的人民丰衣足食，生活幸福，就是最大的道德。”说到这儿，教授指着秦子的碗，“我看你就是吃得太多。”

你的“历史立场”是什么？

日落时分，学校林荫道上，荒白教授夹着书往食堂走去，忽听身后有人呵斥道：“大胆！天快黑了，还敢在外游荡，犯了宵禁可是要挨鞭子的！”

教授站定回头，只见秦子穿着一身圆领袍，脑袋上戴着幞头。他仰脸撇嘴，迈着四方步走到教授跟前，然后指着自己做了一个“请看”的手势，笑道：“教授，您觉得我这身行头怎么样？”

教授上下打量了一番，嘴角微微上翘，道：“社团活动？嗯，不错，乍一看还真像唐朝人，虽有疏漏，但瑕不掩瑜。”

秦子摊开双手，问：“疏漏在哪儿？”

教授伸手往下边一指，说：“秦子同学脚上这双篮球鞋可是从西域胡商那儿买来的？”

“哈哈哈哈，我发现您有的时候还挺毒舌。”秦子笑完，一边转身退着走一边问教授，“荒白教授，您要穿越的话，想回到什么朝代？和我回唐朝吗？”

教授摇头道：“我哪儿也不去。”

秦子问：“为什么？咱一起回到贞观年间，回到中国历史的黄金年代感受一下，不好吗？”

教授斜眼看着秦子。“黄金年代？我不觉得。贞观年间的老百姓可没少遭罪，徭役繁重，民生困苦，李世民大兴土木，肆意挥霍民力、压榨百姓，民间怨声载道。”

秦子眉头紧皱，问：“真的假的？我怎么觉得是有人编黑料栽赃李世民呢？”

教授冷哼一声，说：“编黑料？这是李世民自己在诏书里写的，说民间有很多百姓搞福手福足，这是隋朝遗风，要禁止。”

秦子问：“什么叫福手福足？”

教授说：“就是老百姓主动把自己的手脚弄残废，这样就可以逃避朝廷派下的赋役了，因为赋役实在是太痛苦，残废与之相比都是种幸福，所以叫福手福足。你猜李世民对此的态度是什么？”

秦子问：“是什么？”

教授说：“李世民下令，‘自今有自伤残者，据法加罪，仍从赋役’。这意思就是说，老百姓就算残废了，也得给朝廷干活儿，而且要额外追究罪责。仅仅通过这一个例子，你就能想象贞观年间民众困苦到什么程度。”

秦子低头想了想，又说：“那不回贞观年间了，咱们回宋朝，毕竟‘华夏民族之文化，历数千载之演进，造极于赵宋之世’……”

教授抬手打断道：“陈寅恪先生的这句话只描述了宋朝美好的一面。然而，普通百姓在宋朝的日子并不好过。”

秦子问：“怎么说？”

教授说：“宋朝社会的一个突出问题就在于冗官过多，这些官吏都是脱产阶层，不从事生产，但却要吃饭，因此，这些额外的生产压力就会积压到百姓的头上。你猜当时宋朝吃闲饭的官员多到什么程度？”

秦子说：“不知道。”

教授说：“多到宋朝官员自己都看不下去，包拯就曾经表示，彼时官吏数量比实际所需人员多三倍以上。好多官位其实根本就是空衔，没有任何实际工作，只是白拿朝廷的俸禄。仁宗年间，工部尚书宋祁还说过，天下有定官无限员。这造成的后果就是人员严重超编，有时候一个编制名额上愣是能挂六七个人，以至于官吏昏聩，人浮于事。欧阳修也曾经向皇上抱怨说，京西的县城官员老到不能自理，坐衙都得找俩人扶着，就这样竟然还能继续为官，最后搞得地方行政一塌糊涂。这种荒唐事在宋朝是普遍现象。”

秦子听得龇牙咧嘴，问：“那怎么会搞成这个样子呢？”

教授说：“原因有很多。比如，宋朝靠科举大量取士，其中一个目的就在于将知识分子拉拢进体制以维持稳定。宋朝时期，年均取士人数是唐朝的5倍，是元朝的30倍。”

秦子惊道：“30倍？这么夸张？”

教授笑道：“还有更夸张的。除了科举，官僚和贵族阶层还能靠门荫等方式自我繁殖扩张。用古人的话说，权贵子弟‘不限才愚，尽居禄位，未离襁褓，已列簪绅’。在宋朝，只要你出身好，不管你是聪明还是愚笨，你都能吃国家俸禄，甚至在你还是个婴儿的时候，仕途就已经给你铺好了。不事生产的官僚阶层膨胀到这种程度，所以……”

“所以什么？”

“所以朱熹曾经感慨，先前历朝历代盘剥百姓的方法都被宋朝继承了。总体来说，终宋一朝，底层人民都在含辛茹苦地养着一大群压榨自己的饭桶，以至于民间百姓绝望到宁可自杀也要帮家人逃离衙门的差役。这可是在仁宗年间，相对来说算是好时候呢。”

秦子的脑门儿上冒出一层虚汗，继续问：“那回到汉朝呢？文景之治总算是盛世吧？还有汉武帝北击匈奴，南平……”

教授又摆手打断道：“文景时期，就连汉帝国官员自己都曾经提到，天下有大量的百姓不堪盘剥和奴役，最后成为弃家而逃的亡命者和流民，甚至还有百姓翻越长城逃向匈奴阵营的，至于汉武帝……”

秦子问：“汉武帝怎么了？”

教授说：“汉朝大学者夏侯胜表示，汉武帝残暴地杀害了太多的士人，而且消耗了大量民财民力，以至于天下虚耗，百姓流离，赤地千里。在汉武帝在位的 54 年里，竟然有接近一半的时间人口没有增长，甚至在萎缩。”

秦子沉默了一会儿，小声问：“那明清呢……”

教授几乎笑出声来。“从 1368 年朱元璋称帝到 1912 年宣统帝退位，明清这 544 年里有 225 年出现过灾荒食人现象：家里饿死人了都不敢出殡，否则尸体会被挖出来吃掉；逃荒的行人常常饿到体力不支，倒在路旁，还没咽气，大腿上的肉就被人剐光分食；明末食人过于频繁，以至于一些地方甚至出现了烹饪人头的菜谱。清朝光绪年间，旱灾扫荡华北，无数死者的毛发四散纷飞，灾区甚至因此刮起了‘黑毛风’。这都是有文献记载的。”

秦子抿嘴皱眉，陷入沉默。两人并肩走了一会儿，秦子慢慢说：“教授，您不觉得您太刻薄了吗？我觉得您这是在用今天的道德标准去苛求古代社会。”

教授推了推眼镜，说：“我不觉得自己刻薄。古代社会那些百姓承受的苦难即使是以当时的道德标准来说，都太过分了，而且我相信一点。”

“您相信什么？”

“我相信，古代广大民众的生活可能比文献中记载的还要艰辛甚至悲怆，因为在过去，能写字的人在社会中的比例不超过 10%，其中大部分还是权贵子弟，普通百姓虽然在人口中占绝大多数，但在历史上其实是缺乏话语权的，有无数的哀号被沉默带走了。”说到这儿，教授背手，意味深长地看着秦子，“像汉武帝、唐太宗、宋仁宗这样的君主，在个人能力上确有值得称道的地方，他们也在历史上创下了一些伟业，但你没必要就因此对他们所处的时代抱有不切实际的幻想，更不要自行代入他们的立场。”

秦子摊手，脸微微涨红了。“照您说的，在立场上，汉武帝不行，唐太宗不行，宋仁宗不行，后面的明清皇帝都不行，那谁的立场行？您倒是说说看，中国历史上谁的立场行？”

教授说：“对你我来说，在看待历史时，只有一个立场是正确的。”

“什么立场？”

“人民的立场。”教授插兜，看着秦子的双眼说，“从历史真正的推动者和缔造者的角度出发来思考问题，才是唯一正确的立场。”

秦子杵在原地，说不出话来。

教授眯眼，伸手摸向秦子的衣领。“秦子同学，你这领子上的紫色可不太合规矩。以贞观年间的标准，三品以上官员的常服才能有这种颜色。你是官员吗？”

秦子摇头道：“我就是普通老百姓。”

教授说：“我还以为你忘了呢。”

学习历史的意义

“行啦，教授，别看了，快走吧！”秦子站在展厅里，手插着兜，撇嘴露出不耐烦的表情。

荒白教授不为所动，弯着腰一脸沉静地看着展柜里的一件件文物。“秦子同学，难得来一次博物馆，你这么急躁，会错失很多。”

“错失什么？”

“错失我们的历史。”

秦子“噗”地笑出声：“学历史有啥用？依我看，除了能当耍嘴皮子的素材，历史完全是无用之物。”

教授扭头斜视秦子，说：“年轻人，你完全错了，历史对一个民族来说是最宝贵的东西。”

秦子很少见教授露出这么严肃的表情，态度稍有收敛，但嘴上还没服气："您倒是说说看，历史为什么重要？"

"历史之所以重要，是因为人的每一个决策都是理性和情绪交织的产物。"教授继续弯腰观察着展柜里的文物，"这不是我的观点，是一位顶级神经科学家的观点，他叫安东尼奥·达马西奥。"

秦子没说话，耸了耸肩，等着教授说下去。

"达马西奥接触过一位患者，这位患者本来是一位家庭幸福、事业有成的先生，但不幸罹患了脑瘤。尽管肿瘤经手术被摘除了，但他的大脑却因为被压迫而受到了损伤，这使得他整个人发生了古怪的变化……"

"什么古怪变化？"

教授点了点自己的太阳穴。"这位患者失去了感受能力，成了一个绝对理性的人。"

秦子道："啊？绝对理性？这难道不是好事吗？"

教授皱眉道："一点儿都不好。尽管这位患者在一系列智商和认知能力的测试中都表现正常，但他就是在感情上无法掀起丝毫波澜，任何能引起激烈情绪的照片和故事都完全不能触动他；最重要的是，他陷入了理性的旋涡。"

"理性的旋涡？那是什么？"

教授说："就好像一个人在推理的岔路口永远徘徊一样。比如说，这位患者被领导要求给文件分类，到底是按照文件大小分类，还是按照日期和相关性分类，这个问题就能让他纠结一个下午。"

秦子摊手道："这太离谱了吧?! 随便选个方案不就好了？有

啥好纠结的呢？”

教授说：“这对我们来说很简单，但对失去了感情起伏的人来说却极难，因为通过对一系列相似病例的观察和分析，达马西奥先生发现，理性只能给人提供选项，而真正在最后给不同选项赋予权重，并一锤定音让人做出选择的却是感情。”

秦子愣住了。

教授把秦子拉到自己身边，指着展柜中的一块木牌说：“看看这个，你感受到了什么？”

秦子定睛看去，玻璃展柜中的木牌上写着鲜红的“生死牌”三字，那是 1998 年抗洪时立在大堤上坚守岗位的誓言，其下还有十几个同样鲜红的名字。

看着陷入沉默的学生，教授说：“从理性来讲，与大堤共存亡并不是唯一的选择，甚至不是最划算的选择。当时，在这块牌子上留下姓名的人们还可以选择转身跑路。要知道，这块牌子立在汉江和长江的交汇处，而守闸的人们已经坚持了 40 多天，精疲力竭，可水位依然在疯狂上涨。第四次洪峰正在呼啸而来，要是一般人可能就被吓破胆了，心想着要临阵脱逃以保全自己，也是完全正常的。”

秦子喃喃道：“但他们没有……”

“是的，他们没有。如果他们跑了，他们自己当然可以活命，但大半个武汉就可能被夷为平地，无数的百姓就会葬身洪水。在自身性命和人民安危这两个选项之间，他们毅然选择了后者，你可知为何？”教授在提出这个问题时，严肃地盯着秦子。

秦子满头是汗，支支吾吾说不出来。

教授说：“因为这些人都学习过相同的历史，被往昔那些英雄的光辉事迹照耀，在浩劫来临之际，人的理性将运算出包括逃命在内的一系列选项，而他们心中的历史记忆却在危难时刻凝聚成了巨大的情感力量，赋予人民利益最高权重，让每个成员的抉择重重地落在为了人民的选项之上。”

秦子几乎哆嗦起来。“这就是历史的意义？”

教授说：“是的。相同的历史教育给人相同的感情，而相同的感情会让人们做出相同的选择，这便是一个团体乃至一个民族的凝聚力所在。”

秦子站在展柜前，陷入长久的沉默。

教授说：“还记得我们在之前的展区看到了什么吗？中华文明本就诞生于一场对洪水的抗争，可以说，从历史的源头开始，这片土地上的人们就被这种在灾难面前舍生忘死、守望相助的精神照耀。谁能继承这种精神，谁就能继承历史；谁能继承历史，谁就能用其凝聚的力量开创未来。”

看着木牌上一个个鲜红的名字，秦子愣了好久，最后喃喃地说：“教授，我懂了……”

教授问他：“下次如果再有浩劫降临，需要咱们挺身而出，你会像我一样想起这块木牌吗？”

秦子道：“当然会。”

教授一手按在秦子的肩上，说：“很好，你自己说出了学习历史的意义。”

一块石头上的修为

“教授，您有心事？”秦子小声问道。

荒白教授说：“没有，为什么这么问？”

秦子站到教授身边，双手插兜，瞥了一眼展柜，说：“国家博物馆这么大，可您在这个展柜前站了5分钟了。这展柜里除了几块原始人用过的石头，啥都没有啊，我看您是在这假装看文物呢，其实就是心里有事。”

教授依然盯着面前的几块石头。“年轻人，你完全错了。这展柜里除了石头还有很多东西，只是你没看到。”

秦子听罢，弯下腰仔细观察了一番，又回头看教授，问：“展柜里除了石头还有什么？我什么都没看见。”

教授嘴角微微动了一下。“可我看见了，展柜里除了石头，还有史前人类的心智演化进程。”

“啊？您这是说什么呢？”

“在旧石器时代，史前人类因为神经系统的发育水平不同，其打制的石器在结构上也不一样。最原始的一类叫奥杜威石器，它们几乎看不出结构设计，造型比较随机。而到了稍微晚近的直立人阶段，人类又打制出阿舍利石器，其中包括一种有着对称结构的手斧，这说明那个时期的古人类已经有了基本的规划能力，手眼协调性也发展到了一个新层次。从神经科学的研究来看，直立人的这种脑部演化和语言发展可能也存在间接联系，人类的精神世界就这么渐渐地走向成熟。这些都是我在观察展柜中的这些石器时想到的。”

秦子听完看了看展柜，又看了看教授。“那您从这些石头上还看出其他东西没有？”

教授推了一下眼镜，说：“当然。比如，一种石器工艺的扩散往往是因为其制作者的迁徙。你看这些文物展牌上写的出土信息，在脑海中绘制一幅地图就不难发现，阿舍利手斧在非洲出现后又逐渐传播到了地中海东部乃至欧洲。这些看似不起眼的石头身上隐藏的是原始人类走向世界的恢宏篇章，它们是人类这个物种第一次走出非洲的证据。”

秦子听罢，沉默片刻，说：“啊？还能看出这些？那您还看出什么来了？”

“我还看到了地球气候的变化。”教授皱眉，“你看，这些石器是不是有大有小，有的圆钝，有的尖锐？”

秦子观察了一下，点了点头，道："是啊，但是这和气候有什么关系？"

教授双手插兜，道："工具的结构体现其目的。从统计来看，如果一个地区的气候变得潮湿温暖，那么森林植被就会趋向繁密，原始人就乐于使用大而圆钝的石器，方便刨挖和捶打植物的果实根块。而当干燥寒冷袭来时，环境就会向草原过渡，原始人就会更多地处理一些动物，扒皮、挑筋、切肉时，细而尖利的石器自然更好使。所以，你仔细看展牌上这些石器的定年信息，在某个遗址中，大小结构不同的石器在出土年代的顺序上也暗示着当地气候的变化，这和其他领域的研究成果又是相互印证的。"

秦子觉得自己脑子有点儿跟不上，但又下意识地问："这石器结构怎么就和其他领域的研究成果互相印证了？"

教授说："比如，石器结构的变化规律遵循着地球气候的走势，而地球气候的走势又在一定程度上由米兰科维奇旋回决定。"

秦子探了探脖子，结巴着问："什……什么米兰旋回？"

教授说："米兰科维奇旋回。你要想搞清楚这是什么，就又得了解一些关于地球进动和岁差的概念，这涉及天文知识。至于其引发的气候变化，可以从土壤孢粉和深海氧同位素等研究结果出发得到进一步的验证。不过，要想看懂那些研究结果，你就需要再积累一些关于地质、植物和地球物理等诸多学科的知识了。"

秦子几乎被教授说愣了。“几块石头而已，就能有这么多的学问？”

教授笑道：“不，谈不上多，因为我刚才只说了相关学科的一小部分。比如，关于遗址的定年问题，可能还会涉及热释光、光释光、古地磁等技术，每项技术的背后都是由一个或多个学科做支撑的。晚期智人的扩散又会涉及分子人类学，此外，他们制造的复合石器及艺术制品体现的现代化行为还与艺术史和符号学等知识有关，但是你别忘了……”

“别忘了什么？”

“别忘了我刚才说的这么多知识，其实都是从展柜里的这几块石头开始延伸的。”教授说到这儿，用手指轻轻点了点展柜的玻璃。

秦子再次看向展柜中那几块不起眼的石头，脑门儿微微冒出一层虚汗。

教授走到秦子身后站定，展柜玻璃上反射出两个人的脸。“所以，展柜里的这些石头比我更适合做你的老师，因为它们告诉你一个道理：人们能从一个物件上看出什么，并不在于物件本身，而在于观察者自身的修为。”

秦子沉默地盯着展柜中的石器看了很久，等再回过神时，发现教授已经走到远处另外一个展柜前低头看了起来。

秦子赶紧跟了上去，站到教授身边。教授指着展柜问：“年轻人，你看到了什么？”

秦子皱眉道：“一个陶罐。教授，您看到了什么？”

“我看到了酿酒技术的发展和阶级矛盾的激化。”

秦子耸肩摊手，说：“就从这么一个罐子上？”

教授点头道：“只要努力学习，你就会发现，博物馆展柜中的每件文物上都有显而易见但是说来话长的故事。”

当我们说到“红色”时，我们是在说什么？

国家博物馆“复兴之路”主题的展厅里，秦子和荒白教授两人站在展柜前，看着中华人民共和国的第一面五星红旗。

秦子问：“教授，您说咱们国家的旗帜为什么是红色的？”

教授回道：“秦子同学，你真想知道？”

秦子点头。教授说：“那我得从20多亿年前讲起。”

秦子往后退了两步，道：“有必要从那么早讲起吗？”

教授颔首道：“有必要，因为当我们在谈论红色时，其实我们更多是在谈论红色的物质。”

大约30亿~25亿年前，地球上还是一片死寂荒凉，如今我们熟知的各类动植物在当时还杳无踪迹。在那个渺远的太古时代，地球自转一周只需十几个小时，仓促单调的日升日落之间，这个世界的背景音乐几乎全部由风和海浪演奏。然而，正是在那片毫无生机的太古海面之下，一场深刻改变我们这颗星球的革命正在悄然酝酿。

如果站在太古时代的月球上观察，彼时的地球并不是蔚蓝的，反而看起来更像是一大块悬空的玉，因为那时的海洋不仅覆盖了这颗星球表面积的绝大部分，而且海水可能呈现的是玉石般的碧绿色，据推测，那是海洋中二价铁的颜色。正是在那碧绿的海洋中，一些只能用显微镜才能观察到的小生命安静地生活着，它们是各类厌氧菌，以代谢水中的小分子为生。本来，它们的生活应该就像它们的祖辈那样，日复一日、年复一年地重复下去，然而，随着时间的推移，一些名叫蓝细菌的微生物似乎对命运产生了不同的观点。

蓝细菌渐渐浮上了海面——阳光普照的海面。

太古时代的地球大气与现在的迥然不同。彼时，空气中还充斥着巨量的温室气体，在其作用下，地球的气候潮湿闷热，而且让人窒息，因为空气中没有足够的氧气，如果不佩戴呼吸设备，人类在那种大气中恐怕连五分钟都活不下去。但是，蓝细菌却在那恶劣的环境中找到了新的契机，它们开始以阳光为能源，以无尽的二氧化碳和水为原料进行光合作用。如此一来，蓝细菌就可以固定糖分以维持自己的生命，一种新的生存策略诞生了。

蓝细菌如果有大脑这样的神经器官，说不定会对自己的高明感到得意，然而，它们代谢过程中的一个副产品却给它们身边的其他微生物带来了毁灭性的浩劫，同时也深刻且永久地改变了这颗星球之后的一切故事。

那代谢过程中的副产品就是氧气。

蓝细菌代谢产生的氧气开始弥漫在整颗星球的大气中，它不仅毒杀了大量的厌氧菌，还造成了一个非常直观的影响，即全球变色。过去那颗围绕着太阳旋转的碧绿色“玉球”开始慢慢幻化成一颗殷红色的“血球”，那是海洋中的二价铁被氧化成三价铁导致的。学者们推测，在 20 多亿年前，整个地球的海洋都一度被铁锈染成了红色。

这就是地质学家时常提起的“大氧化事件”。需要强调的是，关于大氧化事件的具体成因，目前学界还没有统一定论，蓝细菌的光合作用所产生的一系列连锁反应是当下颇受关注的一种假说。尽管具体原因未明，但大氧化事件留下的诸多证据却在我们当今的世界随处可见。

在英国自然历史博物馆的一楼就摆放着这么一个证据——一块巨大的岩石，岩石上那一层层深沉暗淡的红色即是太古时代历经无数岁月沉淀下来的氧化铁，那是大氧化事件的遗留物。

一般来说，物体呈现何种颜色是由其构成粒子的状态决定的。以原子为例，一颗小小的原子核外弥漫着一层一层的电子云，这两者共同构成了原子。当光携带着能量抵达原子时，其中一部分频段的光会以共振的形式将能量传递给电子，以助其完成跃迁，同时这部分光会被吸收，而光束中那些没有与原子发生共振的频段则有可能被反射回来，进入人眼以让我们感知颜色。

图 2　英国自然历史博物馆的古老岩石

同一元素不同价位的离子会对上述这个过程产生各种影响。以铁元素为例，一束光照到三价铁离子上之后，那部分因为没有共振而被离子拒于门外的光会被反射入眼，这部分光在波长上介于 630~730 纳米，恰好是可见光中红色的波段。这就是三价铁离子呈现红色的物理本质。

所以，请记住英国自然历史博物馆那岩石上殷红的沉积物，因为之后的故事中有非常多的红色都或多或少、或直接或间接地与那岩石上的红有关。

蓝细菌给我们这颗星球带来的改变并不仅限于大气成分和海洋颜色，还有更加重要的事。在之后漫长的岁月中，一部分蓝细菌渐渐被另外一些真核细胞包裹吞噬，蓝细菌不得不再次适应新的生存环境。在漫长的博弈后，细胞内外双方对生存这个严肃的话题渐渐产生了共识，于是蓝细菌转化成了那种真核细胞内的细胞器，专门负责光合作用。如今，一种名叫人类的生物称那个细胞器为叶绿体。

蓝细菌被吞噬进而成为细胞器的这一猜测，就是当下备受瞩目的内共生假说。

而在同一地质时期，另外一种微生物也遭遇了类似的命运，只不过被真核细胞吞噬的它们不进行光合作用，反而有高效利用ATP（腺嘌呤核苷三磷酸）的本事。这些微生物也渐渐与绑架吞噬它们的真核细胞达成了共识，于是含有线粒体的细胞诞生了。这是内共生假说的另外一部分故事。

如果世界的历史是一本书，那么“叶绿体”和“线粒体”这两个词语一定会出现在“动物与植物”篇章的第一页，这就是地球之后的历史中草木参天、百兽奔腾的开始。

从寒武纪到二叠纪，从三叠纪到白垩纪，鱼儿走上了陆地，恐龙建立了王朝。造物主的沙漏中，时光之沙飞洒而下，地球时而被冰雪覆盖，时而被天体撞击，无论是动物还是植物，都在无数次日出日落的轮回中被洗礼了一遍又一遍。直到三万年前左右，我们镜头中的时间才恢复到常速。

三万年前，从地球历史的划分来看，是显生宙新生代第四纪更新世末期；从工具材质的历史划分来看，是旧石器时代晚期。那时，在北京房山区周口店龙骨山的一个山洞中，一群习惯性直立行走的灵长类动物正围在一起哀号。我们接下来用另外一个名字称呼这些灵长类动物：人类。

山顶洞人属于智人，相对于人属之下的早期物种，他们有着更大的脑容量和更丰富的精神世界，像穿衣服、做弓箭、画壁画一类的行为，他们的老祖宗能人和直立人是少有实践的。

但脑子聪明了就容易多想，人一多想就会给自己平添烦恼，三万年前的山顶洞人就被这些烦恼煎熬着。他们部族中的一个成员死去了，亲友们万分悲痛，但死到底是怎么回事呢？人死了以后会去哪里？到了目的地以后还能不能回来？这是一个他们忍不住思考的问题。

今天的学者推测，山顶洞人相信死者是有可能回来的。因为学者在他们生活过的山洞里发现了一些赤铁矿粉末，赤铁矿的主要成分即是氧化铁，是 20 多亿年前大氧化事件的遗留物。这些红色粉末不仅被装饰在配饰上，也曾经被洒在死者周围。据推测，这是希望能给死者带去生命。

山顶洞人的逻辑很简单：人活着所必需的血液是红色的，赤铁矿也是红色的，把同样是红色的东西洒在尸体上，死者说不定就能重获生命。不得不说，这个推理是如此鲜活直白，以至于这个“以色补色、以形补形”的质朴思路在之后三万多年的历史中还支配着很多人的大脑。

如果我现在是历史审判台下的律师，需要为被指控愚昧的山顶洞人辩护一番，那么我说不定会强行从元素入手，即之前故事中提到的铁元素。

严格来说，赤铁矿粉末的红色和人类鲜血的红色在物理本质上有相似之处。赤铁矿粉末的红色是三价铁离子与光共振后的产物，而鲜血的红色在本质上也是铁元素带来的——血液是红色的，是因为血液中有血红蛋白，而血红蛋白之所以是红色的，是因为蛋白中的卟啉环结合了一个亚铁离子（二者组成血红素）。

赤铁矿的红色和鲜血的红色，在物理本质上都是铁元素产生的颜色。

就这样，在中国这片土地上，大氧化事件的遗产被远古时代山洞里的先民赋予了形而上的内涵。在那一片洪荒的古早时代，“红”这个颜色象征着生命和鲜血，之后的历史中，“红”也将被这片土地上的一代代人继续演绎出新的含义。

值得一提的是，尽管世界各地的人都渐渐发展出了自己的文化和语言，但是几乎所有民族都对这种鲜血般的颜色非常敏感。1880 年，德国眼科专家马格努斯（Hugo Magnus）专门研究了世界各民族对色彩的认识，他设计了红、绿、黄、蓝等十种颜色的卡片，并托传教士和商人到世界各地请当地原住民按照实验说明对颜色进行识别和描述。最后，马格努斯经研究认为，在原住民的语言中，红色是最先得到表达的色彩。这一结论并不让人意外，欧洲的语言，比如西班牙语中，“红色的”和“有颜色的”是同一个词：colorado。这可能是因为世界每个角落的人类都流着同样颜色的血。

大约一万两千年前，或许是因为天体撞击，又或许是因为北美巨型淡水湖的决堤，地球的气候开始急剧转冷，喜冷的仙女木的白色花朵开满山野。

人类在绝望之下开始了农业生产，进而又开始了定居生活，新石器时代拉开了帷幕。农作物要被种植，牲畜需要一代代被驯化，锅碗瓢盆等日常器皿也要用泥土烧制，这当然又给了灵感爆棚的先民新的创作机会。

很快，各种瑰丽玄妙的美术图案就出现在了彩陶上，这些图案有关于自然的、关于艺术的、关于生殖的、关于生死的，毫不意外地，赤铁矿那似血的红色也出现在以上各个主题中。

在新石器时代的华夏大地上，以仰韶文化和马家窑文化为代表，红色的颜料被先民热情洋溢地绘制在陶器表面，以表达人们对生命、鲜血、光明的向往。在河南省庙底沟遗址，学者们还发掘出了仰韶文化时期的石研盘及研磨过的红色颜料，即赭石，所谓赭石就是赤铁矿。新石器时代先民创作的那如血的红色艺术，依然是对铁元素的演绎。

后来，或许是由于气候变化导致的降雨带转移，也可能是因为大地震造成的堰塞湖溃坝，华夏大地被滔天的洪水洗礼。在一代传奇英雄大禹的带领下，人们面对浩劫团结在一起，在这个过程中，权力得到了集中，意志得到了协同，王位的传递从禅让变成了世袭。中国昂然迈过文明的门槛，开启了真正意义上的王朝。

“红色”的华夏

如今我们对夏朝所知甚少，商朝则在无数出土文物与古代文献的相互印证下，成为中国毋庸置疑的信史源头。

在商朝，表达红色的字只有一个，即“赤”，但承载红色的颜料却不只有一种。除了赤铁矿，还有一种红色的颜料得到了普遍应用，这便是硫化汞，一般被称为朱砂。这种红色物质相对稳定，只有高热和强光才会分解它。早在新石器时代，先民就已经开始使用朱砂书写，目前中国发现的最早的“文”字，即用朱砂写于陶寺遗址出土的某个陶罐表面。商朝人还时常将朱砂涂在刻满文字的兽骨和龟甲上，做成涂朱甲骨。

很多人对殷商时期的书写有所误会，认为商朝是甲骨文时代，人们需要书写时都要把字刻在兽骨或龟甲上，事实并非如此。殷商是毛笔字时代，毛笔在当时是重要的书写工具。从考古发掘的情况来看，商朝人曾经用笔蘸着朱砂在玉上书写，学者们曾经发现了商朝人用朱砂在玉片上写下的历代商王庙号。可以说，这一文化现象的出现，使得在中国这片土地上，红色通过书写最高统治者的称谓而第一次与国家政权联系在了一起。

值得强调的是，自殷商开始直到两汉，一些特别郑重的公文习惯以朱砂书写以示严肃。就这样，红色从渺远的殷商时代开始，就被赋予了庄严的情绪。

牧野位于今河南省新乡一带，公元前 11 世纪，中国历史在这里发生了一次剧烈转轨，热衷于鬼神崇拜的殷商王朝被周武王联军和临阵倒戈的奴隶们一举击灭，殷商五个半世纪的残暴统治土崩瓦解。

殷商覆灭后，华夏民族的精神面貌发生了深刻变化，在这片沃土之上，杀殉的哀号渐渐隐去，取而代之的是秩序井然的礼乐钟鸣。

华夏民族不再疯狂崇拜虚无缥缈的鬼神，转而开始用礼制和道德构建整个社会，这使得在殷商覆灭之后的三千多年里，中华大地上的世俗力量一直压制着宗教势力，中国再也没有出现过一个政教合一的全国性政权。

正是在礼制这个崭新的精神世界中，红色再次找到了它的位置。

周朝人认为，世界万物由几大基本元素相生相克而成，分别是金、木、水、火、土，即五行理论。这五行分别与五种正色对应，其中火对应的是“赤”。“赤”字在之前的甲骨文时代看起来像是“大”和“火”两字的合体，一些现代学者，如王襄先生等认为，所谓赤色就是大火的颜色。红色中光明的含义在“赤”这个字上得到了特别的强调。

在周朝，服饰成为展现礼制等级的有效媒介，红色出现在人们的着装及各类纺织品上，陕西宝鸡茹家庄鱼伯墓出土的西周丝帛用朱砂刮涂染色可为一证。除此之外，我们时常会看到一些古代美术作品中对君王形象的描绘，他们往往穿着上身黑色下身红色的套装，这种上黑下红的配色在周朝具体来说叫作“玄纁”，玄指黑里透红，纁则是浅红。《周礼·天官·染人》有载：“玄纁者，天地之色。”天子作为中华大地名义上的最高主宰，无论是上衣还是下裳，都有红色的元素象征着天地，红这一颜色也因此在周朝被隆重赋予了尊贵的含义。

东周之后，华夏大地迎来了帝国时代，万千民众第一次被主宰于一人之下，权力的极大膨胀体现在方方面面，颜色也是展现权力的方式之一。

周朝以后，王朝的德运以相生相克的五行为基础轮回起来。灭周的秦人在建立帝国后认为周朝是赤色的火德，自己既然取而代之，就要用黑色代表的水德去克制前朝，以合天道轮回。于是黑色在秦朝成为官方配色。

但秦帝国太过短暂，很快，“赤帝之子”刘邦就斩蛇起义，建立了绵延四百余年的汉帝国。从开国君主的身世传说开始，汉朝就与红色有了直接联系。

在汉朝绵延许久的政治讨论中，帝国的德运时常会成为各方争执的焦点。一部分汉朝人认为“赤帝之子”建立的帝国自应是火德，当以红色为官方配色，这可能在一定程度上影响了帝国的审美。但更有可能的是，汉朝人仅仅是单纯地喜欢红色而已，在汉朝文物中，红色的漆器就格外彰显着这种偏爱。

漆来自漆树，本质上是一种树脂，将其涂抹在木材表面，待其干燥后会形成一层耐磨、耐腐蚀的保护膜。早在大约 6 000 年前，河姆渡的先民就已经学会用树漆调和朱砂来制作红色漆碗了。到汉朝时，漆器制作技术已日臻完善，而且由于其特别显著的实用性，红色也伴随着漆器的推广逐渐进入人们的日常生活。

红色不仅出现在汉朝日常器皿中，也出现在另外一些世俗事物上，比如女子的妆容。满城汉墓曾经出土一个朱雀造型的化妆盒，在其内部还有红色粉末状残留物，很有可能就是朱砂。汉朝女子将朱砂和动物脂肪调和后涂抹在嘴唇上，以显示血气丰沛的精神面貌，但这并不是汉朝女子妆容的全部。

电影《辛德勒的名单》里有个场景，集中营里的妇女为了让自己看起来健康，就刺破指尖，将血涂在脸上抹匀，以显得面色红润。而两千年前的汉朝女子不必忍受这种刺痛，她们有胭脂。

胭脂的含义比较广泛，其中一部分胭脂中的红色源于红蓝花或苏木等植物，红蓝花也称红花，其大规模进入中原社会大约是在西汉时期。西晋《博物志》中，对红花有“张骞得种于西域”的记载。在后世历史中，高品质的红花于甘肃一带较为常见，正所谓“凉州绯色，天下之最”。

武帝当政时，汉帝国北上扫荡匈奴，匈奴在环首刀和强弩的压力下被迫离开了盛产红蓝花的焉支山，他们那句“失我焉支山，使我嫁妇无颜色”的哀叹即由此而来，红色意味着美丽的属性在这句漠北长叹中得到了生动的诠释。

汉朝之后，中国进入两晋南北朝时期，动荡不安的时局让追求精神超脱宁静的佛教在中国得到了空前传播，红色又在宗教世界中找到了自己的意义。

敦煌莫高窟开凿于公元 4 世纪中叶，工匠们在描绘佛教壁画时，大量使用了一种人工化合颜料，即铅丹，给壁画饰以瑰丽的红色。从兵马俑颜料的化学分析来看，最迟在秦朝，中国人就掌握了制作铅丹的技术。铅丹的制作流程并不简单，概括来说，工匠首先需要把铅在铁锅中加热，之后经研磨、漂洗、筛选、氧化等工序，铅丹才制备完成。艺术家们在佛教壁画上大量使用这种红色颜料，以给作品带来恢宏的气质。

然而，铅丹这种人工化合物自有其局限性，化学性质不稳定就是其中之一。在岁月中经过强光和潮湿的洗礼，壁画上铅丹的主要成分四氧化三铅会转化为黑色的二氧化铅，这使得整个壁画的色彩变得暗淡。

尽管铅丹的物理颜色会褪去，但是它的情绪色彩却历久弥新。在佛法普照的时代，红色这种绘制佛教壁画的颜色，被人们赋予了神圣恢宏的含义。在之后一千多年的时间里，中国人依然认同这种审美。

动荡不安的两晋南北朝之后，中国再次迎来了大一统时代。隋唐两朝，华夏大地的权力又一次得到了集中，而红色也随之流入权力的缝隙，彰显着等级与秩序。

隋朝年间，中央政府开始制定官服颜色与官员品级之间的对应规范，但隋帝国国祚短暂，很快就在各路军阀的喊杀叫骂中走向覆亡。之后，李氏家族建立了唐帝国，隋朝遗留的官服品色制度在李唐得到了继承和发扬。

在隋朝品色制度的基础上，唐帝国中央政府对官服品色制度有了新的规定：凡三品以上文武官员可着紫色官服，四品、五品官员着绯色官服，再往下是绿色和青色官服。这里四品、五品官服的绯色指的即是红色。

《唐六典》等文献记载了唐朝时期的各类印染原料，仅用于丝绸染色的就有三十多种，其中的茜草是历史悠久的红色染料。

茜草属于多年生攀缘草本植物，其根部富含茜素和茜紫素，早在先秦时期，中原地区的人们就已经开始用这种植物将服装染成红色。

但是需要强调的是，直接用茜草给服装染色只能得到浅红甚至黄色，要想得到“绯”所指代的那种深红色，工匠们还需要媒染剂的帮助。所谓媒染剂，就是帮助产生颜色的金属离子等固定在服装纤维上的物质，常见的有锡盐、铝盐、铜盐、铬盐和铁盐，这几类盐可以让印染出的颜色变深。

在《周礼·考工记》的记载中，决定染色深浅的是染色的次数，然而现代学者通过实验表明，这类记载并不靠谱，因为即使重复染色，纺织物的颜色也不会发生太大变化，要想染出真正浓郁的红色，还是要利用媒染剂。

实验表明，在锡盐的帮助下，茜草可染出橙黄色，而在铜盐的帮助下，会出现深红色。需要指出的是，这并不是深红色唯一的印染方法，其他一些染料，如冬青叶亦能达到类似的效果。

唐朝时，由于服装的颜色和官员的品级已经形成了严格的对应关系，所以唐朝人往往用颜色来暗示官位的高低，“红”在这种语境下也扮演了有趣的角色。

书法家颜真卿在事业起飞之前曾对前途感到迷茫。有一天，他宴请一个善于算命的女人吃饭。席间，颜真卿说自己其实没有多大理想，将来如果能官至五品，穿上红色官服就很满足了。那个算命女人对此没有正面回应，而是伸出手指着餐具下的一块紫色的布说：“颜郎衫色如此。”（颜先生，你将来的官服是紫色的。）算命女人这句意味深长的话暗示着颜真卿将来一定会高升，因为在颜真卿的时代，官至三品以上，官服才能从红色换成紫色。后来颜真卿果然受封太子太师，从一品，换上了紫色官服。

当今一些民俗研究者认为，俗语“红得发紫”即源自历史中的官服品色。这一观点并没有得到古代典籍的印证，可能只是民间口语逐渐演变的产物。

隋朝之后，中国多个王朝都将红作为官员制服的颜色。随着时间的推移，红色在中华文化中越来越多地被赋予亨通幸福的美好寓意。现在，“红”时常作为一个形容词也就不奇怪了。

在中国历史中的最后两个王朝——明清时期，红色被强调渲染到了极致，皇帝的宫殿被大片大片地刷上红色，以示天子的威严。

如今，当人们提到明清两个王朝时，脑海中第一个画面很可能是庄严的故宫。无论是在民间百姓还是在外国来客的眼中，故宫那高大的红墙和井然的红柱都是“官方”气质的具体诠释。从文献来看，故宫这种强调红的配色，可能是对周朝礼制中“礼，楹，天子丹”的遵从。“楹”字音同“赢”，意为屋前的柱子，对这句话，有学者的理解是“按照礼制，天子屋前的柱子（居所）应涂成丹色”。“丹”字抽离于先秦时期的“丹砂”一词，丹砂即朱砂（硫化汞），丹色即硫化汞的颜色：红。

沈阳故宫古建部工程师刘巧辰老师曾介绍，故宫在修建时，其红柱的涂料由桐油熬成的光油加银珠颜料兑成，所谓银珠即是朱砂，其化学本质就是硫化汞。根据《天工开物》，朱砂和银珠本是一物，只有“精粗老嫩”之分。如此看来，故宫名副其实地遵循了“礼，楹，天子丹”。

然而，房柱的红色只是故宫红的一小部分，故宫真正挥霍铺展红色的位置其实在于宫墙。但从经济角度来看，如果用光油兑银珠的方式刷宫墙，巨大的宫墙面积会让成本高到中央政府也感到头疼，所以宫墙的红色一定另有来源，那是什么呢？

答案是铁。

在传统工艺中，故宫宫墙红色的主要成分是红土粉，即比较纯的红土，此外配有一些血料和盐，无论是沈阳故宫还是北京故宫，在这一点上是一致的。如今，故宫博物院在粉刷墙面时也试图从新工艺中找到突破，不过这就是后话了。

天然红土的主要成分是氧化铁，所以故宫高墙上那被赋予了“官方”气质的红，依然是人们对铁元素的演绎，是 20 多亿年前大氧化事件的遗产。

就这样，随着中国最后一个王朝的终结，“红”在华夏这片土地上历经数万年的历史，逐渐积累了深厚而富有层次的文化内涵。

“红”是关于鲜血、生命、国家、庄严、光明、尊贵、美丽、恢宏、神圣、幸福、亨通及官方的，这就是华夏民族在过去的历史中对“红”的认识。

秦子问：“所以，教授，这就是中华人民共和国的国旗是红色的原因？”

教授答道：“不，我没有这么说。我讲了这么多是想告诉你，一个国家在设计自己的旗帜时要与民族文化传统契合。从历史惯性来看，以红色为国旗的底色无疑是个好主意，但这并不是直接原因。”

“那么直接原因是什么呢？”

“这恐怕就要从 19 世纪的法国讲起了。”

“红色”的旗帜

19 世纪中叶，法国正值历史中第二帝国时期，整个国家由一个好大喜功且乐于征战的皇帝统治，即拿破仑三世。如今看来，“乐于征战”这一品质可能是拿破仑三世的自满情绪导致的，而这股自满情绪的源头是法国在其统治下确实获得了一些发展。

彼时，法国的首都可以让人直观地感受到国力的上升。

19 世纪中叶的巴黎仿佛一个青春期的少年，朝气蓬勃，昂扬向上，全市人口迅速膨胀，基础建设日新月异。从 1850 年开始，整个巴黎的人口用 20 年几乎翻了一倍，增至接近 200 万人，来自四面八方的群众为这诗一般的城市提供了巨量的劳动力和广阔的消费市场。

与此同时，城市规划师欧仁·奥斯曼男爵不负拿破仑三世的厚望，将整个巴黎翻修一新。新的排水设施改善了城市的公共卫生，清新的空气和规范的引水极大地缓解了巴黎过去那霍乱横行的局面。一座座百货商场拔地而起，让金钱和货物在巴黎市中如塞纳河般流动起来。当然，娱乐消遣也是很重要的，对于巴黎歌剧院的翻修工作，奥斯曼男爵就给予了亲切关怀，毕竟舞台上的故事足以让一些爱发牢骚的人暂时放下对现实的不满。不得不说，古罗马“面包与马戏”的哲学在当时的巴黎被贯彻得很好，但这还不够。

最重要的是将巴黎的街道拓宽。

长久以来，法兰西一直有着深厚的革命传统，清算贵族是人民群众喜闻乐见的一项传统运动。遥想当年，路易十六和其他法国贵族正是在巴黎革命广场（今协和广场）的欢呼声中被按在断头台上的，拿破仑三世可不希望这种事情重演。

1852 年，拿破仑三世靠政变把自己从总统变成皇帝时，愤怒的巴黎市民曾经架设街垒迎战政府军。这让拿破仑三世寝食难安，所以他特意嘱咐，一定要把巴黎的街道修建得宽大敞亮，以增加“暴民”架设街垒的难度。至于改善交通和彰显帝国威严，那倒是其次了。

巴黎宽大的街道，无疑是民族性格影响市政规划的一个典型案例。

但不得不说，拓宽街道这一工程并不只是贵族老爷们神经衰弱的产物，而且是切合实际、十分必要的，因为当时整个巴黎都弥漫在一片对立和怨恨之中。

工业的蓬勃发展让社会名流过上了舒适体面的生活，而广大底层群众，特别是工人阶级的生活并没有一同改善。1870 年，近200万人口的巴黎市的贫困人口竟多达50万，特别是在城区的中东部，无数的穷苦人家在黑暗肮脏的环境中勉强维生。而在巴黎另外一些地区，上流社会人士却走过那些底层民众不被欢迎的敞亮街道，出入豪华的歌剧院和奢侈品商店，这使得巴黎乃至整个法国的阶级矛盾愈演愈烈。恰恰在这种局势之下，拿破仑三世做了一件蠢事。

他向普鲁士宣战了。

简单来说，起因是这样的：普鲁士有个亲王本有机会去西班牙继承王位，但这是法国绝对不能容忍的，因为这位亲王是霍亨索伦家族的人，是普鲁士王室成员，如果这位普鲁士亲王在西班牙承继大统，那法国将在地缘政治上陷入被普鲁士和西班牙夹击的局面之中。

双方在为此事拉扯时，法国方面给普鲁士国王写了一封极具挑衅色彩的私信。这封信旋即被普鲁士首相俾斯麦添油加醋地透露给了媒体，这一下就点燃了普法两国的战争情绪，双方在舆论场上互相叫骂，法国某出版社甚至叫嚣要出一本法德词典，将来法国人拿下柏林会用得着的。

就这样，1870年7月19日，拿破仑三世向普鲁士宣战，然后于同年9月2日战败被俘。皇帝陛下和他的帝国，仿佛一个在街头秽语连天的人刚动手就被对方用一记老拳击倒在地一样。

帝国崩溃了，后方的巴黎仓促之间成立了国防政府以主持大局，而与此同时，无数对阶级压迫恨之入骨的底层群众也纷纷将自己武装起来，成立了国民自卫军。他们一方面要做好抵御普鲁士人的准备，另一方面要对形迹可疑的国防政府，特别是负责主事的梯也尔保持警惕，在民众看来，他们是一群随时可能复辟帝制的家伙。

就这样，在普鲁士人进军的轰然脚步声中，巴黎这座城市内部的应力越发强烈。

20 万普鲁士士兵围困了巴黎 131 天，成百上千的底层群众饥寒交迫地倒毙于街头。巴黎人对普鲁士的围攻一筹莫展，以至于绝境催生出一些荒诞的作战建议，比如“把动物园的猛兽放出来去袭击普鲁士人”“用瓦格纳和舒伯特的曲子把普鲁士人引诱过来全歼”等，把这些建议当成笑话看还行，巴黎人真实的处境却是残酷且绝望的。

一再的军事失利之下，国防政府终于做出了妥协，政府军投降并被解除武装，巴黎围城结束。梯也尔当局签署了《德法凡尔赛和平条约》[①]，法国民众对此羞愤难当，因为这毫无疑问是一份丧权辱国的不平等条约：法国不仅需要支付巨额赔偿，还要将阿尔萨斯和洛林部分地区割让。更让法国民众切齿的是，梯也尔当局在投降时太过心急，以至于上缴武器的数量甚至超过了敌军的规定，一副“你不让我示弱，我就跟你急”的样子。

对这种外敌横加的羞辱，巴黎武装群众的态度是：“我可去你的吧！”

政府投降了，但巴黎民众决不屈服，进入巴黎的普鲁士军

---

① 后改名为《法兰克福条约》。

队发现到处都是武装工人警惕和敌意的眼神，有些普鲁士军人更是发现自己被工人跟踪和包围了。整个巴黎街道的气氛阴沉肃杀，枪口从房间的窗户中伸出，从街道的拐角旁伸出，从路旁的草丛里伸出，从酒吧的吧台后伸出，任何人都能强烈地感觉到此地不宜久留，于是普鲁士军队仅仅在巴黎部分区域待了几天就匆匆离开了。

坚定的无产阶级民众不仅让普鲁士人感到不安，更是吓到了法国梯也尔当局。所谓政府就应该是对暴力的垄断，武装组织起来的民众让之前缴械投降的法国政府尴尬万分。既然梯也尔当局和入侵者之间已经苟合，那么接下来就要处理巴黎的局势了。

梯也尔要解除巴黎民众的武装。

愈演愈烈的群众运动让梯也尔感到巴黎已经危机四伏，于是他和当局的很多官员转移到了凡尔赛。就这样，彼时的法国内部形成了两股力量彼此对峙的局面：工人武装控制的巴黎，以及梯也尔当局所在的凡尔赛。

“我要发挥神职人员那万能的影响力，因为我要依靠它来传播为人处事之道，告诉人们要匍匐于地下受苦……”这就是梯也尔曾经宣扬的价值观。可想而知，在他的眼里，奋起反抗的武装民众完全是一群暴徒和乌合之众，这种乱民怎么可以掌握武装呢？更别说以工人为主的国民自卫队还有上百门火炮。

梯也尔当局认为要想平息事态，首先要做的就是收缴工人武装的重武器。1871 年 3 月 18 日，凡尔赛政府趁凌晨之际，出兵收缴巴黎国民自卫队部署在蒙马特尔高地等处的上百门火炮。但这一行动很快被巴黎人发觉，各方群众及民兵随后赶到，和政府军士兵发生了冲突。

“你们就是一群普鲁士人的手下败将！”

“你拿着枪是想打谁？打你的兄弟？我的丈夫？还是你的孩子？”

政府军士兵被围困起来，来自四面八方的叫骂挖苦之声不绝于耳。“开枪！否则军法处置！”政府军军官怒吼着，“难不成你们要向这群人渣投降?!”然而，政府军士兵的士气已经低落到了极点，面对眼前巴黎的男女老幼，士兵们拒绝执行开火的命令，有的士兵干脆和百姓聊起了家常，还有的甚至现场倒戈加入了巴黎一方。

下令射杀群众的政府军军官被手下抛弃后，很快就被国民自卫队逮捕并枪决。为了回应凡尔赛政府的挑衅，国民自卫队中央委员会开始领导革命，工人民兵们四处出击，控制了旺多姆广场及巴黎市政厅等要害位置。面对怒火中烧的群众，梯也尔明白仅靠自己手下的一些残兵败将是无力回天的，于是他下令，之前所有留守巴黎的政府官员和军警部队全部撤离，退守凡尔赛再做打算。

就这样，国民自卫队和无产阶级群众彻底掌控了整个巴黎。

1871年3月28日，巴黎市政厅外是一片红色的海洋，无数红色的头巾、绶带和旗帜迎风飞卷。经国民自卫队中央委员会移交权力，人类历史上第一个真正意义上的无产阶级政权——巴黎公社成立了。

巴黎公社鲜红的旗帜高高飘扬在市政厅的顶端，那是无产阶级国际主义的旗帜，这抹红色宣告着任何外国人都可以加入公社，为公社服务。用当时一位诗人的话说：“这可真是盲人都看得到的光明！”

尽管早在法国大革命时期，雅各宾派就曾经用红色象征自由，但是红色的旗帜作为一个无产阶级政权的象征，在世界近代史中还是第一次。

巴黎公社成立后迅速发布了一系列法令，第一条法令就提醒公民要做“自己生活的主人”。这是无产阶级在历史中第一次完全掌握了自己的命运。

巴黎解放了，街头随处可见笑逐颜开的人们。男女老少载歌载舞，革命歌曲响彻街头，无论阶级、贫富，大家都热情地互相打着招呼：“你好啊，公民！”

过去皇室成员生活的宫殿向公众开放，门票钱被用来护理伤员。艺术家们也从过去拿破仑三世时期那种提心吊胆的状态下解放出来，热烈地拥抱创作上的自由，有的艺术家激动得到处宣扬：“巴黎是一个真正的天堂！各社会团体都建立了自己的联盟，成了自己命运的主人。”

如今回过头来再看巴黎公社的一系列行政命令，我们能强烈地感受到其历史进步性。比如，巴黎公社首先废除了行政者的高昂薪水，规定每个公社委员只能领取熟练工人的平均工资，以确保官职不再是捞钱的工具。社会上不再有高高在上的官老爷，只有为人民服务的公仆。

除此之外，公社还减免了穷苦民众高昂的房租，废除有奴隶制色彩的面包工人夜班制度，清点并接手资本家遗弃的工厂和车间，施行政教分离，并要求当铺将一些生活必需品及生产工具归还劳动人民。

在巴黎公社短暂的历史中，最具有进步意义的就是女性地位的极大提升。在马克思的间接影响下，巴黎公社妇女联盟成立，女性组织起来为保卫巴黎而战。事实证明，获得权益最好的方式就是承担责任，巴黎的女性开始肩负起公社各个方面的艰巨任务。她们架设街垒，服务食堂，照顾伤员，为国民自卫队的士兵制作军服，有些女战士更是为了公社浴血战斗到了最后一刻。

不仅如此，巴黎公社对过去的历史也做了表态，旺多姆广场曾经屹立着一根巨大的凯旋柱，是拿破仑一世用缴获的 1 200 门大炮熔化后铸成的，目的在于彰显皇帝的武功。在巴黎公社期间，凯旋柱被绞盘拉倒，其顶部的拿破仑一世雕像粉身碎骨。公社成员们用这种方式与历史中的民族仇恨和穷兵黩武做了决裂，这在民族主义甚至沙文主义盛行的 19 世纪的欧洲，无疑是极具风范的。

然而，如今我们从事后分析来看，巴黎公社的行政存在着很多问题，其中一个致命的错误在于公社内部花费了太多时间在一些细枝末节上，没有乘胜追击扩大战果，这使得凡尔赛政府得到了喘息之机。

梯也尔当局通过向外敌妥协，换取了 10 万法军俘虏归国，这使得凡尔赛方面在兵力上取得了压倒性的优势。1871 年 5 月

20日，13万凡尔赛政府军开始向巴黎发动全面进攻，大约1.5万名公社战士依靠街垒与政府军周旋激战，战士们一个街区一个街区地争夺厮杀，但在蜂拥而至的政府军面前，公社渐渐力量不支。

凡尔赛政府军在攻入巴黎之前，一直对士兵们进行各种政治宣传，将巴黎公社描述成一群无赖暴民建立的犯罪组织，这让政府军士兵们在实施暴行时完全没有心理压力。杀入巴黎的凡尔赛军队完全可以用歇斯底里来形容，他们在大炮和火灾的掩护下，层层突破公社的街垒和防线，士兵们不仅会毫不犹豫地杀死公社成员，还会处决任何一个看起来有可能和公社相关的人，正所谓宁可错杀也绝不放过。

凡尔赛士兵冲进一栋民房搜查公社战士，可房屋内只有一个女人和一个12岁的孩子。女人说自己的丈夫不在家，士兵立刻举枪打死了孩子。目睹士兵暴行的旁观者大声斥责，士兵反手一枪又将其打死。

士兵在搜查另外一栋民房时发现了公社战士换下来的裤子，房屋的女主人当场即被处决。有的居民刚刚清理完烟囱，两手乌黑，这也在街头被政府军士兵认为是勾结公社的罪证而引来杀身之祸——士兵们把那人手上的烟灰当成残留的火药了。

如果有人双手粗糙、布满老茧，那一定是给公社盖街垒时留下的，该杀！

如果一个人说话的语调和用词听起来像工人，那肯定也是公社分子，该杀！

如果一个人穿衣服配了红色的腰带，那更一定是公社分子，该杀！

除此之外，政府军在控制一个街区后，就把街区里所有人的上衣扒掉，看看肩膀位置是否有步枪枪托留下的淤青，这毫无疑问是“叛乱分子”的标志，当然更不能放过。

曾经有妇女扑倒在一个政府军军官面前，哀求饶了她丈夫的性命，军官傲慢地回应：“太太，我去过巴黎所有的剧院，你这种表演我可见多啦。”还有的军官在下令处决妇女儿童时吼道：“都杀了！省得留下后患！”

被俘虏的公社战士要么被现场射杀，要么被扭送到军事法庭集体处决，凡尔赛政府军的行刑队甚至都等不及让“犯人”靠墙站整齐就开枪扫射，因为需要处决的公社成员实在太多了，没必要浪费时间。

有些女性公社战士惨死于政府军的刺刀之下，曾经有士兵用刺刀将一名女性当街戳死后扔在一边，然后唾骂道：“你就死在这儿吧！”还有的士兵在和人闲聊时说他亲手用刺刀干掉好几个公社分子：“你看，我的刺刀都弯啦。”

巴黎公社最后的抵抗是在拉雪兹神父公墓进行的，几百名公社战士面对数十倍于自己的政府军激战到最后一刻，终于集体就义。在机枪不停歇的扫射后，成百上千的社员尸体被推进万人坑，然后草草掩埋。

有的公社领导人的下场比战士更加惨烈，其人被士兵逮捕后先是遭到毒打，“脸被打得像果酱一样”，然后被士兵拉着游街，最终在一座花园墙边被处决，他死前说的最后一句话是：“公社万岁！”

血之七日后，巴黎公社失败了。

人类历史上第一个无产阶级政权仅仅存在了72天就被镇压，但也正是在这72天中，鲜血和烈火这两种红色在巴黎公社相融交会，炼出一种更加炙热鲜红的颜色，那就是无产阶级革命的红色。

巴黎公社失败后的第二天，侥幸逃出巴黎的公社委员鲍狄埃藏身于郊区的一座阁楼中。目睹了无数同志被残杀的他悲愤满怀，在难抑的冲动下，这位公社领导人提笔颤抖着写下了一首题为《英特纳雄耐尔》的诗。

17年后，这首诗被另一个法国工人皮埃尔·狄盖特谱上了曲。于是，世界上最著名的无产阶级战斗歌曲《国际歌》完成了。

伴随着“英特纳雄耐尔就一定要实现！”的嘹亮歌声，巴黎公社的遗志传唱世界。无数把镰刀和锤子在红色的旗帜下被高举过头顶，反动政权和压迫势力如潮水般倒台，以苏联为代表的社会主义国家纷纷用“红”这一象征着无产阶级革命的颜色作为国旗底色，以向巴黎公社的英灵致敬。

在遥远的东方，自1919年5月4日开始，中国的工人阶级正式加入革命，开始了中国新民主主义革命的历程。短短几十年内，最广大无产阶级群众爆发了山呼海啸般的组织动员力量，粉碎了混乱的割据，驱逐了野蛮的侵略，推翻了反动的统治，建立了人民的共和国。

1949年，新政协筹备会向全国征集中华人民共和国国旗的设计方案，在大多数方案中，红色都被选为中华人民共和国国旗的底色。这是因为，从这片土地的传统来看，“红”是关于鲜血、生命、国家、庄严、光明、尊贵、美丽、恢宏、神圣、幸福、亨通及官方的。

而从巴黎公社绵延至今的传承来看，“红”是革命的颜色，是向伟大事业献身的颜色，是无产阶级浴血拼搏的颜色，是向奴役和压迫宣战的颜色。

就这样，民族文化的传统与国际革命的象征合而为一，最终缔造了中华人民共和国红色的旗帜，这就是秦子同学一开始那个问题的答案。

“教授，我只是问了一个简单的问题，您居然从下午讲到了黄昏。”

教授耸肩道：“可红就是这么一种内涵深厚的颜色。”

两人走到展柜不远处的窗户前，望向黄昏中的天安门广场。秦子说：“日落了，国旗护卫队出来降旗了。”

教授神情肃穆，道：“那面红旗明天还会升起，就像太阳一样。”

《诗经》与天命

“我刚才从后门窗户看到，你在上课时一直趴在桌子上睡觉，老师讲的课你不喜欢？”下课铃声响起，同学们纷纷从阶梯教室走出，秦子离开教室没走两步，听见背后传来荒白教授的声音。

秦子睡眼惺忪，不好意思地笑起来：“不是我犯懒，是老师讲的课太无聊。您看他讲了什么——讲先秦文学，讲《诗经》，学这玩意儿有什么用？几千年前的东西在今天还有什么意义？”

教授插着兜和秦子并排走。“意义当然是有的，既有审美意义，也有现实意义。”

秦子摆手道：“审美这东西见仁见智，咱不讨论，可您刚才说的现实意义又是什么？”

教授说：“西汉时，刘贺登基后不久就被赶下台，政敌在搞清算时就指责这位汉废帝的老师王式，说他明知君主昏庸却不上谏劝阻，该当死罪。王式回答说，《诗经》三百篇，每一篇都是谏书，而自己常年教授刘贺《诗经》，就不必再单独上谏书了。这是一次强有力的辩护，以至于连政敌也不得不认同这个解释，免除了王式的死罪。你看，《诗经》的现实意义就能强到这种程度，足以作为国家最高统治者的施政指导，就算是怀有杀心的政敌也不会轻易否认这一点。”

秦子听罢愣了愣，又说：“您说的这个例子太远了，西汉那是两千多年前了，咱不聊那么远的，至少《诗经》在今天已经没有现实意义了，不是吗？”

教授看了看秦子不服气的脸，又说道：“《诗经·大雅》的第一篇叫《文王》，其中一句话是‘天命靡常’。在我看来，在过去数千年的中国历史中，这四个字始终都有着深刻的现实意义，直到今天也是。”

秦子不屑道：“天命？这两个字散发出浓烈的封建迷信气息。”

教授插兜继续走着，笑道：“不，秦子同学，你把这两个字想得太简单了。天命听起来玄乎，其实它诠释着中国历史中一个非常重要的问题，即政权合法性问题。君王得以建立王朝、统御万民，是因为得到了上天的授命，这便是所谓的天命。但是后人提起的《诗经》中‘天命靡常’这句话，还经常跟着另外四个字，你可知道是哪四个字？”

秦子摇了摇头。

“惟德是辅。”教授的表情严肃了起来，“此四字出自《尚书》。

‘天命靡常，惟德是辅’翻译成白话文，就是说上天的授命是经常变化的，但上天也总是对有德者提供帮助。”

秦子耸肩，摊手问：“所以呢？这怎么就有现实意义了？”

教授说：“这就得从商朝说起。”

秦子不耐烦地叉腰，叹了一口气，然后斜眼看向教授。

教授对秦子的厌烦不以为然，微抬下巴继续说道：“殷商是个非常迷信的王朝，这个国家的统治者和贵族无限地崇奉鬼神，并自诩得到上天的垂青，因而变得不可一世。直到牧野之战，强大傲慢的殷商被小小的周族一举击灭，在中华大地上，不仅一个王朝崩塌了，这片土地上的人们的世界观也崩塌了。所有人，包括胜利者自己都不明白为什么他们能赢，这一切必须得到解释。”

秦子想插话，但又不知道该说什么，只能静静地听着。

教授继续说：“后来，周朝人得出了结论，上天依然是强大且主宰一切的，但因为商朝道德败坏，失望的上天已经收回了授命，转而将天命交予了周人，这便是周人以弱胜强的原因。但天命的授予不是永恒的，周朝如果不想重蹈殷商的覆辙，就要完善自己的德政，如此才能长久地得到上天的帮助并持有天命，这便是‘天命靡常，惟德是辅’的含义。”

秦子皱眉道：“然而您还是没说有什么现实意义……”

教授伸手打断秦子的话。“自从天命这个概念被提出后，中国这片土地上的政权就开始用道德品行肩负起兴衰的责任。在科学不昌明的古代，自然环境的变化往往会引发灾异，而灾异也经常被视为上天对政权失德的警示：再不悔改就要收回天命了。”

秦子眯眼回忆了一下，道："好像是有这么一说，古代闹灾的话，皇帝还会下罪己诏呢……但这不是胡扯吗？自然灾害又不是人力能控制的，皇帝怎么喜欢把锅从地上捡起来往自己头上扣？"

教授摇头道："不，不完全是胡扯。在生产力不发达的古代，大自然的外部压力往往能暴露并加剧王朝内部的矛盾。比如地球在宇宙中的状态或者自身的地质活动会影响气候，而气候的变化往往会引发洪涝和干旱，进而引发次生瘟疫和蝗灾。外族也会迫于气候的压力入侵，平时也许还能扛过去，但如果王朝失德日久，积弊已深，那之前所有的问题就会集中暴露。在外因和内因的共同作用下，王朝会迅速走向崩溃，这种自然灾害和政治动荡的高度相关性会给人一种感觉，即老天爷不满当下王朝的德行，于是收回了天命。"

秦子不说话，默默地盯着教授看。教授问："怎么了？"

秦子说："我觉得您离迷信越来越近，离科学越来越远。"

教授和秦子对视了一会儿，问："地球绕着什么转？"

"当然是太阳。"

"错，地球其实是绕着太阳系的质心转。"

"什么太阳系质心？"

教授说："太阳系的公共质量中心，即太阳和太阳系其他所有天体质量的中心，只不过太阳的质量太大了，占据了整个太阳系质量的绝大比例，才使得太阳系质心和日心的距离非常近，产生地球绕着太阳公转的假象。"

"所以呢？这和天命的现实意义有什么关系？"秦子有些不

耐烦。

教授说："想象这么一种情况：当地球公转到太阳的一侧，而太阳系其他的主要天体位于太阳的另一侧时，会发生什么？"

秦子试探地说："太阳系的质心会略有偏移？"

教授背着手点点头。"没错。据推测，在这种情况下，质心相对于日心最大可偏移 150 万千米。"

秦子耸肩道："偏移了会怎样？"

"看来你不仅在语文课上睡觉，在物理课上也没好好听讲。我问你，如果地球在公转的时候，公转半径突然因为质心的偏移而增大会怎样？"

"根据角动量守恒定律，地球的公转速度会……"

"变慢。"教授说出这两个字时，秦子有些发愣。他还没反应过来，教授又追问："那如果在地球公转变慢时，我国正好处于冬半年，会怎样？"

秦子说："会有一个又长又冷的冬天？"

教授俯下身，盯着秦子的眼睛，说："你说得很好，和史书上的记载颇为一致呢。"

秦子的脑门儿渗出一层冷汗，他后退一步，问："什么史书？我不明白您的意思。"

教授说："刚才咱们说到的那个质心偏移的情况在中国历史上曾经发生多次，其中一次的时间是公元 1126 年。"

秦子脑袋嗡嗡响，脱口而出："北宋靖康元年？!"

教授点头道："那年的东京汴梁，不仅迎来了杀气腾腾的金军，也迎来了一个诡异反常的凛冬。暴雪狂下不止，有时甚至能连下二十多天，守城的宋朝士兵冷得拉不开弓，甚至冻僵倒地。狂风掀翻房屋、折断树木，大街上冻饿而死的百姓枕藉，地面被冰封得像镜子一般，人在上面都站不住。能烧的柴火都烧了，但依然无法保障供暖，最后只能把房子拆了当柴火烧，以至于攻城的金军将领都感叹，雪势如此，如添二十万新兵。”

秦子结巴着问：“真……真的吗？”

教授双手插兜，说道：“包括满志敏教授在内的不少历史学家都认为，靖康二年的冬天是北宋时期开封一带见于记载的最冷冬季，天文学家和历史学家的研究结论在这件事上实现了相互印证。”

秦子摊开手。“好好好，就算您说的是真的，北宋的崩溃和反常的凛冬在时间上一致也可能只是巧合，孤例而已，能有多大说服力？”

教授说：“地球的状态给气候带来的影响既有短线的，又有长线的，我刚才提到的只是诸多复杂情况中的一种。我之所以提靖康年间的例子，是因为北宋的崩溃非常典型，统治阶层长久以来的失德行为引发了一系列政治腐败和战略性错误，王朝积弊已深，大自然灾难性的力量猝然降临时，次生的灾异和战火则纷至沓来，王朝就随之覆灭。纵观整个中国历史，商朝末年干旱连年，东汉末年天下大疫，北宋末年凛冬袭来，元朝末年旱涝交加，明朝末年更不必提……这样的例子有不少，亲历这一过程的古人会觉得仿佛是上天于冥冥之中突然收回了授命，于是王朝就毁灭了，也正是在这个过程中，中国社会各阶层对天命越发笃信。”

秦子微微吸气，说：“也是哦……中国最后一个封建王朝的年号，就是从‘天命’开始的……等会儿，教授，我差点儿上了你的当，你扯太远了吧？咱不是在聊《诗经》的现实意义吗？”

教授说：“从我刚才给你举的这些例子来看，所谓天命，如果用唯物主义的话来总结，就是中国这片土地上的政权，要持之以恒地修德，确保社会运转良好，才能禁受住大自然的考验。然而，这个考验并不仅存在于古代，如今也有。”

“举个例子？”

“你知道血吸虫病吗？”

秦子回忆了一会儿，说：“我好像听说过，得病以后肚子会变大什么的……”

教授说：“你看，现在的年轻人对这个恐怖的名字都陌生到这个程度了，但在20世纪50年代，血吸虫病就是关于天命的一件事。”

秦子摆摆手。“危言耸听，传染病而已，怎么就事关天命了？”

教授沉默了一会儿，扶了扶眼镜，说：“人在感染血吸虫病以后会发烧、呕血、长期疲劳，还可能会出现视力下降、头疼、癫痫等症状，儿童身体发育会减缓甚至停止，妇女无法生育，男性干不了农活儿，参不了军。感染者最后就算不直接死于感染，也会死于感染带来的种种生存困境。在一些疫情特别严重的地方，当地民众死的死，逃的逃，血吸虫病甚至导致了局部人口灭绝。安徽贵池县（今池州市贵池区）的一个村子有120户人家，最后绝了 119 户；江西丰城县（今丰城市）在清朝时期还有一个千户大村，到 1954 年的时候，那个村只剩下 2 人。这种恐怖的人口毁灭比例，和中国历史上任何一种灾异比起来，都有过之而无不及。”

秦子一甩胳膊，道：“不可能！这事听起来就有问题！”

教授问：“有什么问题？”

秦子说：“如果血吸虫病对人口的毁灭作用这么强，那么，那些地方之前的人口是怎么繁育到那么多的？”

教授一手按在年轻人的肩膀上。“你问了一个非常好的问题。全世界寄生于人体的血吸虫主要有六种，在中国最常见的是日本血吸虫，其本身是相当脆弱的，在外界需要一个中间宿主才能生存，那便是钉螺。”说到这儿，教授清了清嗓子，“然而，钉螺对气候很敏感，自清朝后期开始，全国气候开始转暖，钉螺也随之繁育扩散，这大大加剧了血吸虫病的流行。到 20 世纪中叶，血吸虫病已经发展到了野火燎原的程度，当时全国有 12 个省的一亿人暴露在血吸虫的威胁之下。”

秦子大惊，道：“一亿人 ?! 那时候全国也才六亿人吧？”

教授说：“是的，所以你明白吗？如果放任这场灾难蔓延，小小的血吸虫就足以废掉这个国家，这绝不是危言耸听。用古代的说法就是，这是上天在降下考验，想看看这个由工人和农民建立的政权有没有本事接住天命。”

秦子终于陷入沉默。

教授说：“好在这个政权和之前的历代王朝有所不同。”

“不同在哪儿？”

教授说："那时，这片土地上的人民刚从战乱和苦难中解放出来，可谓斗志昂扬，众志成城。过去历代王朝在动员民众力量时，总是瞻前顾后、畏手畏脚，因为一家一姓之王朝本身就与广大民众的利益存在着根本矛盾，稍有不慎，民力就会脱缰失控，危及统治。但对于一个崭新的人民共和国来说，这个矛盾就不存在了，六亿民众山呼海啸般的组织动员力量就能没有阻碍地爆发。"

秦子问："那后来呢？血吸虫病解决了吗？"

教授说："后来，全国上下无数的工人、农民、医生、学者和解放军战士被动员起来奔赴疫区。他们消灭钉螺，救助病人，治理污水，改造环境，一根一根地掰开瘟神紧握的手指，拉出危难中的同胞。很多年后，咱们俩提起那曾经威胁着全国一亿人的传染病时，你的反应仅仅是好像听说过而已。在无数人的拼搏和牺牲下，血吸虫的威胁已经远去，成为老人偶然提起的回忆。"

秦子说："这么说，人民接住了天命？"

教授说："是的。但是不要忘记三千多年前殷墟焦土之上周人吟唱的诗句——'天命靡常'。上天的考验随时会再来，也许是干旱，也许是洪水，更有可能是另外一种传染病。无论如何，我们都不能忘记这古老的忠告，而这恰恰就是《诗经》的现实意义。"

秦子问："那您觉得灾异再度降临时，天命还能被接住吗？"

教授说："这就要我们自己去观察了。'天命靡常，惟德是辅'，哪里的德能凝聚人民的力量，哪里就能接住天命。"

“前进，手挽手地前进”

“教授，您在看什么呢？一大早表情就这么严肃。”秦子咬着一根油条，把餐盘放在食堂的餐桌上，坐到荒白教授对面。

教授左手拿着手机，盯着屏幕没转眼，眉头紧皱，说：“基尼系数在上升。”他说这话的时候，右手还拿着一个包子，也顾不上吃了。

秦子喝了一口豆浆，问：“所以呢？”

“所以贫富差距在拉大。”

“拉大就拉大呗，虽然我是个穷学生，但我不眼红那些富人，我过好自己的日子就行了，教授您担心什么？贫富差距拉大和您有关吗？”

教授放下包子看向秦子，说：“这件事和社会上的每个人都有关，包括你这个穷学生。”

秦子没说话，教授捕捉到了他一闪而过的神情。“怎么？不信？”

秦子说：“贫富差距拉大了，大家在过日子时调整好心态就行了，能有什么影响？教授您又何必把这件事看得这么严重？”

他刚要吃油条，就被教授按住了手。“贫富差距拉大带来的负面影响太多了，我就说其中的两个好了。首先，它会动摇社会稳定。”

秦子不以为然。“就是眼红别人有钱呗，自己心里不平衡了。”

教授摇头道：“没那么简单，贫富差距拉大会严重撕裂人们的共识，因为富人和穷人虽同处一个物理空间，但他们对生活的感受却是迥异的。比如，在 1870 年的巴黎，贫富差距就非常大，全市 1/4 的市民生活在暗无天日的贫苦之中，而与此同时，不少贵族和富商却出入那些不欢迎底层民众的豪华剧院和奢侈品店，过着锦衣玉食的生活。在同一个国家或同一个城市里，一些人想的是这种苦日子什么时候才能熬到头，而另外一些人想的是这种日子最好永远持续，人们就在这样的矛盾中凝聚起强大的应力。这时，只要有外力扰动，整个社会就会轰然崩裂。”

秦子说：“我之前在国家博物馆听您说过这段。”

教授说：“后来发生的事你还记得吧？法国在和普鲁士的战争中失败了，两国签订了合约。紧接着，法国一部分既得利益者迫不及待地想要回到战前秩序，而贫苦的无产阶级群众则表示无论如何都不能再回到过去了。可以说，在社会存续的基本问题上，贫富差距过大的法国内部已经没了共识。于是，普鲁士人一走，法国就爆发了血腥内战，巴黎公社运动旋即开始并很快被镇压，法国军队竟然冲入巴黎屠城，残杀妇女儿童。内战前，法国权贵对底层苦难的认识往往来自艺术虚构作品，而那些真正贫苦的民众甚至不被允许出现在上流社会人士的视野范围内。在悬殊的贫富差距之下，双方的精神世界根本就是隔离的，那共识也就无从谈起了。”

秦子听完愣了愣，问道：“可您说的是法国，跟我国有什么关系？”

教授皱眉道：“跟全世界都有关。基尼系数的下限是0，表示收入分配完全均匀，而上限是1，表示收入财富绝对不均。国际社会一般把基尼系数0.4作为警戒线，一旦基尼系数高于0.4，社会崩裂的可能性就会上升，因为对广大贫苦民众来说，财富分配越不均，靠暴力重新分配财富的收益就越大，成本也就越低。因为自己太穷了，已经没什么好失去的了，光着脚就不必再怕穿鞋的。据推测，李自成起义时，基尼系数是0.62；太平天国运动爆发时，基尼系数是0.58。人口学家葛剑雄教授的统计数据显示，太平天国运动直接和间接造成的全国人口损失加起来可能超过一亿，百姓苦不堪言。秦子同学，你依然觉得贫富差距拉大和你无关吗？”

秦子嚼着油条，说：“教授，您说的都是极端的情况，就算是贫富差距拉大，在现代社会最多也就是导致动荡、治安恶化，到不了成千上万人死亡的程度吧？”

教授说：“好，那我再和你说说贫富差距拉大带来的第二个影响，那就是社会发展停滞。”

秦子问：“贫富差距增大会让发展停滞吗？”

教授说：“当然，这是在现实中被反复观察到的现象。我来给你举个例子，蒸汽机是谁发明的？”

秦子说：“瓦特呗……等会儿，瓦特好像是改良蒸汽机，在他之前，蒸汽机就有了。”

教授问：“在瓦特之前多久就有蒸汽机了？”

秦子耸肩道：“我不知道，大概几十年吧。”

教授摇头，说：“大约在瓦特之前 1 800 年，世界上就已经有蒸汽机了，其制作者是古罗马的一位工程师，名叫希罗。”

秦子皱眉后仰，说：“古罗马就有蒸汽机了？怎么听着那么不靠谱呢？”

教授说：“这是有严肃的历史文献记载的。只不过当时的蒸汽机结构非常简单，只是一个金属球，里边装了水，对其加热，金属球上的两个开口就会喷出蒸汽，驱动球体转起来。”

秦子问：“然后呢？”

教授说：“没然后了，就只是使金属球转动。”

秦子说：“那它有什么意义 ?! 又不能帮人干活儿！”

教授说：“有意义，很有意义。这台机器说明靠当时的技术手段，人类是完全有能力将化学能转化成机械能的，只要在此基础上再克服一些工艺和燃料问题，制造出一台原始蒸汽机，让它提供劳动力，并非不可能。”

秦子问："那希罗怎么没进一步把这事办了呢？"

教授说："因为古罗马的贫富差距太大。"

秦子愣了一下，然后长叹一声。"教授，贫富差距大和古罗马蒸汽机的发展有关系吗？"

教授说："当然有关系。你知道希罗后来把自己的工程才华都投到哪些地方去了吗？他去帮助神庙里的祭司设计各种机械装置了，比如点燃圣火就能自动开启的大门、投入硬币就能流出圣水的罐子，帮助神庙吸引了很多单纯的信徒。至于做一台蒸汽机帮助广大群众干活儿，他倒没那么上心。"

秦子说："为什么？他的思想觉悟也太低了吧？"

教授说："这不是一个觉悟问题，而是一个经济问题。古罗马的神庙和祭司掌握着大量的财富，这样一来，他们自然就可以花钱请希罗来帮他们设计各种神奇机械，展现所谓神迹来获得更大的影响力和更多的财富。换句话说，这些有钱人是能够为自己的需求买单的。与此同时，古罗马社会中还充斥着大量的奴隶。在古罗马人的价值观中，工具分这么几类：沉默的工具，如铲子和锄头；会叫唤的工具，如牛和马；会说话的工具，即奴隶。可见奴隶在古罗马根本就不被视为人，自然也不可能有个人财产和消费行为，他们工作再苦再累，也不可能为自己的需求买单。"

秦子捏着下巴，说："教授，我明白您的意思了，希罗之所以不给劳动人民继续研发蒸汽机，原因在于他这么做在当时根本就得不到任何好处。"

教授点头道："秦子同学，你说到点子上了。正如张笑宇老师在《技术与文明》中分析的那样，这根本不是希罗一个人的觉悟问题，而是古罗马当时普遍的社会经济结构决定的。虽然我们总说需求带来创新，但这话只说了一半，确切来说，应该是那些能被买单的需求才会带来创新，毕竟，无论是谁都不喜欢饿着肚子给别人创新，对不对？”

秦子捶了一下自己的掌心，说：“教授，您这么一说，我好像有点儿明白，为什么贫富差距加大会让社会发展停滞了。因为如果这个社会上的大部分人都没钱，那么他们就无法为自己的需求买单，创新自然也就减少了。而创新减少的话，技术发展就会减速，生产力的前进也就变得迟缓了，最后所有人都会被困在技术水平停滞的生活中，包括少数有钱人。”

教授点头道：“你说得很好。特别是少数有钱人，他们的买单能力当然很强，但毕竟人数太少了，能产生的需求是有限的。因此，高度集中的财富无法推动社会向前，慈禧再怎么奢侈，也孕育不出福特流水线；溥仪再怎么囤药，也催生不出辉瑞制药厂。要想让大家都过上安定繁荣的日子，让全社会实现技术上的整体进步，社会就得把为自己需求买单的能力还给大家，而要实现这点，贫富差距就必须得到抑制。”

秦子听完沉默良久。教授把手机递到秦子面前，指着屏幕上的一条新闻说：“这个标题写着什么？”

秦子低头看。“国家在努力缩小贫富差距。”

教授说：“这只是字面上的意思，这个标题里真正写着的是‘前进，手挽手地前进’。”

我们头顶的星空

自然科学篇

贰

外星母舰来的那一天

“教授，快跑啊！都什么时候了，您还坐着看书，心也太大了吧 ?!”

荒白教授坐在公园的长椅上，低头读着书，漫不经心地问：“跑？为什么要跑？”

“这不明摆着吗？那艘巨大的外星母舰一夜之间出现在咱脑瓜子顶上，谁知道他们会不会动武！大家都疏散进入掩体了，您也快跟我一起跑吧！”

教授低头翻了一页书，继续淡定地读着。“他们不可能动武。”

“您凭什么这么肯定 ?!”

“就凭他们能来这儿。”

“您该不会是被吓疯了吧？您这话根本就没有逻辑可言！”

教授缓缓抬起头，看着眼前的秦子，扶了一下眼镜，说：“年轻人，你知道吗？有学者认为，人类历史上其实只发生过一件事，那就是工业革命。”

秦子听得愣住了，满脸问号地站在原地。

“从新石器时代开始，一直到工业革命之前，人类的人均GDP（国内生产总值）一直都没有发生本质上的变化，为什么呢？因为在蒸汽机推广以前，主要的劳动力无非就是人和牲畜，但这效率太低了。”教授低头翻了一页书，继续轻轻地说，“效率低就低在食物能量的转化上，食物里的化学能经过进食、消化变成肌肉的机械能，转化率太低，人和牲畜虽然产出，但也消耗，再加上其他条件的限制，传统社会能积累的价值总是有限的。”

秦子急得甩胳膊。“您到底想说什么呀?!”

教授低头又翻了一页，慢悠悠地说：“因为人类社会积累的价值有限，所以全人类往往进行残酷的存量博弈，每个人都想多吃多占，这导致我们对同类做了很多残酷的事，也孕育出了很多残酷的文化，直到工业革命。”

“工业革命怎么啦？”秦子看了看天上的母舰，急得跳脚。

教授笑道：“工业革命之后，我们开始大规模地利用化石能源，不再依赖过去那种漫长且低效的食物链传递转换能量，整个人类社会创造的价值总量变多了。”

秦子扯着自己的头发大叫道：“所以呢?!”

教授不紧不慢地说：“所以人类残酷的存量博弈减弱了，转而开始追求全物种的集体增量。当然，这是一个漫长的共存和转化过程，是有倒退和波折的。但是，随着时间的推移，人类社会中的暴力现象无疑大大减少，即使是爆发了两次世界大战的20世纪，从统计上来看，暴力事件也比古代减少很多。斯蒂芬·平克教授在《人性中的善良天使》中有详细论述，你可以看看。”

秦子说话都带哭腔了。“您说的这些和外星母舰有什么关系啊？”

教授继续翻着书，说：“年轻人，你知道对一个追求增量的文明来说，最重要的是什么吗？是对暴力的克制。”

秦子几乎急得背过气去，嚷道：“这都哪儿跟哪儿啊？”

教授放下书，面容冷峻。“对一个文明来说，提高效率的一个必然选择是精密的社会分工，但这需要以克制暴力为基础。当一个社会完成工业革命，不再依赖人畜提供劳动力以后，专业知识和技能就成为提升社会生产力的重要因素，这在精密细化的社会分工中尤其凸显。试想，如果一个物种不能有效地克制自己的暴力，那么其社会中将酝酿出巨大的斥力，成员们会彼此攻击和排斥，还没发展出足够的技术水平就自己崩裂了，这种事在人类历史中屡见不鲜。”

说到这儿，教授的表情变得更加凛然。“从本质上说，放纵暴力就是对生产力发展踩刹车，让精密的社会分工无从谈起，一个四分五裂的文明不仅不能整合资源，还可能坠回残酷的存量博弈中，个体之间彼此压榨和拖累，就这么久久轮回，永远成不了大事。”

秦子愣在原地，说不出话来。

教授继续皱眉翻书，道："人类之所以还困在这小小的地球上，很多人认为问题出在这儿。"他用手指了指太阳穴。"但依我看，还有一部分问题出在这儿。"教授又用指尖点了点胸口，"我们的心冷酷粗粝，彼此消耗伤害，没有聚合成一个协同的整体，因此无法孕育跨星际所需的高技术。"

秦子抬头看了看母舰，又低头看了看教授。

教授拍了拍身边，示意秦子坐下。"这艘外星母舰来自我们人类认知以外的邈远星球，所以他们的技术一定远远先进于我们，而如此先进的技术一定是全物种共同追求增量的结果，所以他们必然配套有和平克制的价值观，这是社会性生物发展的必然。在这种价值观的指导下，他们绝对不会对我们这个低等文明动武。"教授眼神笃定地说，"残酷的价值观孕育不出先进的技术，热爱和平说到底其实是一种解放生产力的价值观，对于这一点，我非常肯定。"

秦子双腿颤抖，将信将疑地坐到教授身边。"教授，您是科学家，我敬佩您，可科学家未必永远是对的。"

教授把手按在秦子肩上，说："这不是科学，而是更底层的哲学，价值观之于技术就好像操作系统之于软件。假如你是个鸟类学家，开着吉普车去雨林里观鸟，结果你突然遇到一个食人部落的成员，那人跪在你车前苦苦哀求你别吃他，你会怎么想？"

秦子惊讶地说："我怎么会吃他呢？！"

教授说："那食人部落的人看你开着吉普车，随身携带着各种他无法理解的东西，所以他会觉得你一定比他强，进而会杀了他并吃掉，你对此怎么想？”

秦子摊手，说：“他完全是杞人忧天啊！我是文明人，不吃人！”

教授笑了，继续低头翻书。“你现在就是那个食人部落的成员，天上飘着的那个是吉普车。”

秦子稍微放松了一点儿，问道：“那他们为什么突然出现吓唬我们呢？”

教授说：“很可能是意外，过一会儿，他们就会离开了。”

此时，母舰外围亮起淡淡的蓝光，恢宏而空灵，整个城市仿佛被笼罩在一片迷雾之中。

秦子嘴唇颤抖，眼泪在眼眶里打转。“教授，如果您错了呢？”

教授翻书哂笑：“那我宁愿死。”

“轰隆！”一声雷鸣，那外星母舰发出突破音障的爆响，瞬间消失在苍穹尽头，云层被吹成一个巨大的白圈，天空中留下一道壮观的航迹。

风中的秦子头发纷乱，眼圈发红。“教授，您刚才说的那个热爱和平的价值观还真对了！”说完，他的眼泪淌了下来。

教授合上书，缓缓抬起头，看着母舰远去的天际，喃喃地说：“希望人类有一天可以去拜访他们，只要我们这个物种能够记住增量从何而来。”

月亮代表我的心

月光斜照进餐厅的落地窗，晚风徐徐吹起柔软的窗纱。

几声吉他的拨弦声轻轻响起，秦子深情唱道：“我的情不移，我的爱不变，月亮代表我的心……”

餐桌后的荒白教授低头看着书，歌声停下来后，他翻了一页，评价道：“唱得不错。”

秦子听罢，收起吉他，坐到桌边叹气道：“我约了那个女孩明天在这间餐厅吃晚饭，可惜，如今不是学两段和弦、唱一首老歌就能展现个人内涵的时代了，您说我这么准备行吗？”

教授合上书，抬眼看着秦子，微微点了点头，道：“用月亮代表你的心，不错。”

“真的不错吗？您是不是不耐烦了，糊弄我呢？”

“没有糊弄你，用月亮代表你的心，确实是个好主意。”教授把书放下，站起来走进斜照的月光里，“如果秦子同学想知道好在哪儿，我就从45亿年前给你讲起。”

大约在45亿年前，年轻的太阳系还在躁动之中，刚刚诞生的地球犹如一个闹腾的婴儿，向宇宙发出持续不断的号哭。这号哭声是由密集的天体撞击来演绎的，如雨般的陨石呼啸而下，冲入地表，将动能兑换成融化岩石的高温，而这些天体带来的水分又形成了原始大气，将这股高温封锁贮藏。很快，大地融化了，变成了一望无际的岩浆海，被后世的我们认为坚实无比的大地在当时却犹如一锅沸粥，伴随着跳跃的火苗咕嘟咕嘟地冒着泡。彼时的地球正处于地质年代的最早阶段“冥古宙”，与之相比，地狱都像是个度假疗养的好地方。

在无数陨石日复一日的撞击中，一个犹如火星般大小的巨型天体被引力拉拽，与年轻的地球越来越近……最终，创世的对撞轰然发生了，无数炙热的大地碎片飞洒进幽冷的太空，地球的四周形成了土星般的光环。没过多久，这些大地的碎片就被引力重新捏合，一个新的天体诞生了。它的直径大约是地球的1/4，质量更是只有区区1/81，但在之后的45亿年中，也正是这个天体将长久地与地球相伴，见证乃至缔造这颗星球上的种种奇迹，并被后来一个叫智人的物种称为“月亮”。

如果漂浮在40多亿年前地球的岩浆海上，人们抬头将看到恐怖的一幕：一颗看起来比今天大百余倍的巨型月球悬于空中，散发着妖异的窒息感。这是因为，在月球刚刚诞生之际，它距离地球只有区区 2 万多千米，近得让人会产生捡起一块石头都能扔上去的错觉。这就是地月系统早期的状态，紧凑得让人喘不过气来。

好在之后的漫长岁月中，天体撞击的频率下降了，而地球也经多种方式积累了足够的水分，这些水分渐渐汇聚并停滞在地表的低洼处，原始海洋就此出现。

令人意外的是，海洋的出现造成的一个间接后果，竟然是把月球慢慢推远。这是因为月球围绕地球公转时，地球上的海洋也会被其巨大质量带来的引力拉扯，地月连线附近的海平面会高一截，在海水总量不变的情况下，地球上其他地方的海平面就会低一截。人在近处看，就会觉得大海发生了涨落，这便是潮汐。

然而，地球自转的速度远远大于月球围绕地球公转的速度，那一大片被月球引力拉起来的海水会随着地球自转加速，相对于质量只有地球 1/81 的月球来说，地球上海水的质量是不容忽视的，它同样可以对月球产生牵引力，带来把月球在公转轨道上越拽越快的效果，这便是潮汐加速效应。

在两个天体之间引力一定，而月球公转速度变快的情况下，其公转半径就会变得更大，所以，就某种程度而言，月球是被大海隔空“甩”出去的。如今，学者们在用精密仪器测量后发现，月球正以每年 3.8 厘米的速度远离地球。需要指出的是，由于板块运动和气候变化给潮汐带来的影响，这种加速效应在地球的历史中并不均匀。

事情还有另外一面。被月球拉起的海水虽然会随着地球自转加速，但反过来说，隆起的海水也会被月球拖后腿，跟不上地球自转的速度。就这样，海洋底部与地球摩擦，给地球的自转带来刹车效应，在数十亿年的积累下，使地球的自转速度减慢很多。这并不是凭空的臆想，人们已经找到了一些证据。

地球自转变慢的证据，就是微小的细菌。

蓝细菌是地球早期历史中常见的生物，早在这个世界的动植物出现以前，它们就繁盛于这颗星球的海洋之中。这些蓝细菌不仅用光合作用产生的氧气深刻地改变了地球大气，它们的身体也和海洋中的碳酸盐物质及一些细小颗粒聚合，层层叠叠沉积，成为这颗星球的岩石日志，今天的地质学家称其为“叠层石”。

之所以叫叠层石，是因为这些细菌铺在海洋各处的礁石上，白天在光合作用下，会沉淀出亮纹层，而在夜晚泥沙微粒的配合下，会生成暗纹层。除此之外，这些细菌在夏季发育迅速，在冬季生长减缓，这周期性的一快一慢又会生成年纹层。这些纹路在漫长的岁月中积累叠加，将时间的流逝速度忠实地记录于岩石之上。于是，叠层石就诞生了。通过分析这些天然日志，我们现在知道，地球的自转速度是如何被月球徐徐减慢的。比如，20亿年前的地球，曾经一天只有 15 个小时左右，一年有 500 多天，包含 14 个月。在地球 40 多亿年的历史中，一天的时间已经从最初的不到 6 个小时，被拉长到了今天的 24 个小时。如果没有月球让地球的自转减慢，那么地球更有可能成为一个狂风吹袭不停的凄凉之地。

在宇宙苍穹中，浩瀚天体数十亿年来的运转方式，竟然体现在肉眼都难以察觉的微小细菌上，不得不说，大自然就是喜欢用这种极端尺度的对比来塑造浪漫。

月球带来了潮汐，而潮汐又促进了生命的演化。每次落潮之后，原来被海水覆盖的地方都会留下一片浅滩，在海洋生命还在尝试登上陆地之际，这种环境无疑是一个良好的过渡。事实上，当今科学家发现了一种叫 ANR（花青素还原酶）的基因，可以帮助植物适应陆生环境，而这个基因很可能在约 5 亿年前帮助过植物登陆扩散。之后，地球历史中的草木参天和百兽奔腾，在间接意义上都是月球通过潮汐对地球的馈赠。

除了为生命登陆提供了助力，月球还给这个世界带来了另外一个礼物，那就是四季。

在月球长久地围着地球转动时，其自身质量的引力将地球的地轴始终稳定在 23.5 度左右，这让太阳的直射点得以在南北回归线之间来回往复，春夏秋冬的齿轮就这样咬合在一起，于时光中吱呀吱呀地转动了起来。如果没有月球，地球就可能像火星那样，自转轴在 10~60 度之间来回摇摆，星球表面的大部分地区都将轮番承受炙热和极寒的考验，生命的存在和延续将被打上一个大大的问号。

造物主的怀表嘀嗒作响，永恒的群山流动了起来。在数亿年的时光中，地球时而在极寒中赤道冰封，时而在酷暑里两极绿化；大陆聚合又分离，将各自承载的物种送上不同的命运轨道，海洋则在繁盛和死寂之间轮回交替，面无表情地用存续和灭绝不停地洗牌。

当时光的流逝速度被调回正常时，我们已经到了显生宙新生代第四纪全新世，如果用社会发展水平来描述，那么时间已经到了新石器时代。

所谓新石器时代，就是虽然人们依然将石头作为制作工具的常见材料，但相对于旧石器时代的采集狩猎，不少地区已经开始了农业种植，过去百万年间那种居无定所的游荡生活已经慢慢衰落，找一个地方安顿下来好好过日子，成为越来越多人的选择。

定居生活的一个好处在于人际关系更加稳定，人们能长期地观察彼此，并对一些现象做出解释和演绎，比如生育这件事。

有性，不一定能造成生育，而有生育，则一定意味着曾经有性。这两件事之间的关系并不是严格对应的必然，而且相隔时间有好几个月。在科学不昌明的古代，其因果关系让人难以捉摸，所以在原始社会的先民看来，生育是一件充满玄妙色彩的事情。同时，这件事的意义又格外重大，关乎着群体的发展存续，因此，世界各地都产生了对生殖的崇拜，任何能和生殖联系在一起的自然现象，都会让先民浮想联翩。

月球作为天空中最醒目的天体之一，自然少不了被人们议论。月相盈亏的一个轮回，在时间上正好与女性生理期契合，正所谓“月事一月一行，与之相符，故谓之……月经”。这件事大概率是个巧合，但先民认为不可能这么巧，他们还发现，不仅月经与生育有直接关系，而且天空中那轮月亮缓缓凸起又慢慢瘦回去的样子，看起来像孕妇的肚子。因此，月亮和生育之间的关系，就被先民强行建立了。

生殖崇拜作为一个史前文化常见的母题，往往被集中讨论，诸多与生殖相关的元素会被编进一个故事里。在华夏民族的神话中，与月亮关系密切的一种动物，就是蟾蜍。

如今，蟾蜍一般被认为是一种相貌丑陋且有毒的讨厌东西，当某个男性对条件明显优于自己的女性心生爱慕时，人们就会用“想吃天鹅肉的癞蛤蟆”来讽刺他。事实上，在渺远的上古时期，蟾蜍是一种被人们顶礼膜拜的动物，一个重要原因就在于蟾蜍有着令人惊叹的生育能力。雌蟾蜍在繁殖时，一次可以产下成千上万枚卵，这在生育格外艰难、危险的古人看来无异于神迹。因此，在中国新石器时代的陶器上，人们绘制了各种各样的蟾蜍纹饰，表达着对它们生殖能力的羡慕。

蟾蜍还有一个生活习性，就是喜欢在夜晚活动。在照明条件恶劣的新石器时代，人们常常在月光的照耀下才能看到它们。在善于牵强附会的先民看来，他们的生殖偶像总是和月亮一起出现，这必然意味着两者之间有着密切的关系。在山东沿海地区，月亮和蟾蜍甚至曾被当作氏族的联合图腾。

随着时间的推移，月亮和蟾蜍的关系越来越近，以至于它们的关系成为华夏尽人皆知的神话传说。汉朝古籍《灵宪》记载，嫦娥偷吃了丈夫从西王母那儿请来的不死药，然后做了一次占卜，占卜者告诉嫦娥不要惊慌，她会后代繁盛的，于是嫦娥奔向月亮，化作了蟾蜍。

就这样，月亮与史前时代的生殖偶像在神话中合而为一，被包括《淮南子》在内的诸多古籍反复强调，成为中华民族的记忆。从此，月亮不仅在美术和文学作品中与蟾蜍进一步绑定，还有了子孙丰沛的深意。比如，“照月得子”就成为中秋节的民俗之一；在旧时江南地区，还有“走月亮”的习惯，即年轻女性在月明之夜外出玩耍，让自己尽可能地沐浴在月光之下，以求能够顺遂地怀上孩子。

除了子孙丰沛的祝福，月亮还承载着另外一层深意，那就是不朽。先秦时代，屈原就发出天问：“夜光何德，死则又育？”这里的夜光指的就是月亮。古人在观察月相盈亏变化之际，发现月亮总是由亏到满，又从满到亏，就这样恒久地轮回，仿佛一次次地起死回生。当战国时代的大诗人仰望夜空发出这样的天问时，不会有人站出来告诉屈原，这一切都是地球和月球的相对位置造成的结果，并不是蟾蜍咬的，也不会告诉他月球的公转轨道和地球的黄道平面有大概 5 度的夹角，所以就算月球飘进地球的阴影里发生月食也没什么大不了的，不会导致天下大乱。对于彼时还犹如少年的华夏文明来说，月相轮回体现的不朽能让诗人发出伟大的感怀，这就足够了。

然而，无论是诗歌还是神话，都不是客观实证的产物，随着时间的推移，它们很容易在口口相传中发生讹变。比如闻一多先生经考据认为，当月亮和蟾蜍的故事在民间流传时，“蟾蜍”渐渐被说成了“蟾兔”。拜一些口齿不清的好事者所赐，自汉朝中期开始，月亮上就凭空出现了一只兔子，这只兔子还和蟾蜍一起被分配了工作，那就是给西王母制作长生不死药。蟾蜍这种动物每年都会在冬眠之后从泥土里爬出来，看起来犹如死而复生，它捣出来的不死药，人们信得过。

在修仙之风大盛的两汉，蟾蜍和兔子作为月亮的化身，总是和不朽联系在一起，它们的形象经常被追求长生不死的汉朝贵族装饰于墓中，徒劳地表达着对死亡的抗争。

在追求不朽的修仙风尚中，统治阶级的喜好也开始左右人们对月亮的认识。比如，汉武帝不仅修建了桂宫，并在上林苑中种上了桂树，之后还在方士的建议下兴盖桂馆以迎接神仙，而桂馆之后干脆就成了道观这一宗教场所的泛称。因此，在汉朝的修仙叙事中，月亮上除了蟾蜍和兔子，又出现了桂树。作为月亮的符号，桂树也在历史中表现出了不朽的特质。唐朝志怪小说集《酉阳杂俎》里有这么一段情节：一位名叫吴刚的仙人因为犯了错误，被罚去月亮上砍桂树，那桂树高五百丈，每砍一斧子，树干上的伤口都会瞬间愈合，就这样，在寂寞清冷的月亮上，一个男人用斧子与一棵不朽的桂树进行着永不终结的缠斗。这种凄凉就连推石头的西西弗斯看了都会心生同情，但月亮象征的不朽，也正是在这一层层的神话叠加之下尽数体现的。

及至隋唐、两宋，上古洪荒的巫风渐渐远去，华夏文明趋于精致典雅。蟾蜍这种史前生殖崇拜的偶像，因为形象不雅，渐渐不再作为月亮叙事的重点。人们把子孙丰沛、长生不朽的希望寄托在了玉兔上，嫦娥也更多地以曼妙女子的形象出现于诗词歌赋中，月亮就这样伴随着神州大地走向浪漫世俗。

早在先秦时代，因为月相变化的规律更易于观察，所以它早早地就成为历法的基础。一年中，人们按照月亮的教诲耕种劳作，秋分之际就会喜迎收获。每年这个时候，昼夜等长，阴阳和合，大家把好吃的瓜果粮食集中在一起，再奢侈地宰杀几头牲畜，然后于月下相聚狂欢，既向月亮表达了谢意，也增进了亲友的情谊。同时，君王还会虔诚地举行夕月，即拜月祭典。就这样，月亮又承载起丰饶、团聚和神圣的意味。

然而，这种在秋分祭月的习俗时常会遇到尴尬。因为二十四节气是以地球和太阳的相对位置来划分的，而月相的变化是由月球和地球的相对位置决定的，它们是两套各自独立的规律。人们在秋分祭月时，如果月相有亏，那就大煞风景了。所以，约从唐朝开始，民间百姓就把祭月的日期定在阴历八月十五。阴历是按照月亮的运行规律制定的历法，一次盈亏轮回是一个月，而八月十五正好是一个月相轮回的正中。每逢此时，人们不仅能享受秋收的美食，天上还挂着一轮圆圆的月亮。如此一来，大家就能尽情地为其附上团圆美满的寓意。后来，这一切就成为八月十五中秋节的民意基础。

中秋节的诞生也标志着月亮从此淡出神秘玄妙的境地，进入民间世俗的叙事。大批的咏月诗词出现在唐宋之际，它们承载着华夏艺术家的无尽感怀，将月光凝聚为永恒的民族记忆。人们用“赧郎明月夜，歌曲动寒川”表现月亮的奔放豪迈；用“明月松间照，清泉石上流”描写月亮的静谧清冷；用“昨夜秋风入汉关，朔云边月满西山”彰显月亮的苍茫辽远；用“嫦娥应悔偷灵药，碧海青天夜夜心”寄托月亮的婉约情思。

在所有关于月亮的诗词中，最著名的可能要数那首“春江潮水连海平，海上明月共潮生……不知乘月几人归，落月摇情满江树”的《春江花月夜》。作为张若虚仅存的两部作品之一，此诗被闻一多先生盛赞为“诗中的诗，顶峰上的顶峰”。辞藻已臻至美对这首诗来说只是个次要的优点，真正让其孤篇压全唐的，是它高远的意境和深邃的哲思。鸿雁在寂寥的天空中飞不出月光，鱼儿跃出水面留下闪烁的涟漪，人生一代代无穷无尽，月下的江河亦似永恒。诗人对苍生、宇宙和时空的感怀，与月光融为一体，在之后一千多年的岁月中照耀着华夏大地，这使得中华民族在面对宇宙的宏大深邃时，也依然保有浪漫华美的诗意。

两宋之后，蒙古铁骑踏遍山川，大明旗帜迎风吹卷，八旗虎狼从龙入关，辛亥烈火点亮共和，千载光阴，机锋交错，月光永恒，普照依然。华夏民族历经沉浮，在进入 21 世纪之际，以前所未有的精神面貌，重新抬头望向夜空中那轮遥远的明月。

华夏民族要在“赛先生”的引荐下，与嫦娥这位古早神话中的月亮女神相会了。

在清朝的曲艺故事中，嫦娥曾邀请杨贵妃的梦魂到广寒宫听曲，当这位唐玄宗的爱妃在迷离之中睁开双眼时，她看到漫天的星辰低垂可摘，但仲夏之际，却又寒冷难耐。此时，嫦娥的侍女告诉贵妃，这里便是人间传说中的广寒宫。

广寒宫到底有多冷呢？最冷时大概有零下 180 摄氏度，这个温度是“玉兔”告诉我们的。

2013 年 12 月 2 日，在西昌卫星发射中心，“长征三号乙”

运载火箭发出震天动地的怒吼飞向天际，它此行所搭载的“嫦娥三号”探测器和“玉兔号”月球车肩负着一个重要使命，那就是登陆月球勘测，顺便让上古神话成真。

在整体框架中，中国科学家制订的月球计划分为三大阶段：第一个阶段是无人月球探测，第二个阶段是载人登月，第三个阶段是建立月球基地。科学家们虽然雄心万丈，但同样心怀谦逊谨慎，为了一步一个脚印地将这恢宏的计划实现，他们又将每个阶段做了细分。

在无人探月这个阶段，具体操作又划分为绕、落、回三个步骤。所谓绕，就是发射探测器，绕月观察；所谓落，就是将探测器发射到月球上，进行勘测研究；所谓回，就是让探测器在月球上取样，并将其送回地球。

“嫦娥三号”肩负的使命，就是其中的落。在整个无人探月阶段中，这可谓承上启下的关键一步，如果这一步成功了，华夏民族就算真正摸到月球了。

2013 年 12 月 14 日，在幽冷的太空中，月球依然如 40 多亿年来那般保持着冷肃死寂。这个天体表面的每一寸都是或深或浅的灰度，茫然四顾，只有黑与白的铺陈。此时，距离月球表面 15 千米的太空中，一颗金粒正由南向北徐徐飞临。可惜月球上没有空气，自然也就没有声音，但如果配乐，那么适合这一幕的应该是空灵悠远的钢琴曲。

这颗金粒高度超过 3 米，质量超过 1 吨，正是“嫦娥三号”探测器。此刻，它的速度达到每小时 6 480 千米，几乎是步枪子弹速度的三倍。它的目标是月球上一个名叫虹湾的地方，那里并不是真正的海湾，而仅仅是月球正面看起来颜色更深的区域。

17 世纪，意大利有一位天文学家，名叫乔万尼·里乔利，他热衷于给月球上的地理结构命名。在他的意志下，月球上有了虹湾、静海、雨海、风暴洋等。之后，还有了开普勒环形山、儒略·恺撒环形山、柏拉图环形山……数百年来，这些名字渐渐成为国际惯例，被认可并继承，就这样一直到了今天。因此，我们中国人在仰望月亮的时候，看到的其实是一个个西方世界的伟大名字。然而，华夏民族不能满足于此，我们的神话和伟人也要像月光一样普照全球。

2013 年 12 月 14 日 20 时 59 分 51 秒，“嫦娥三号”调整姿态，制动减速。在无远弗届的引力作用下，它开始向月球渐渐靠近，接下来约 10 分钟的时间里，“嫦娥三号”要完全归于静止。

测距仪不断地向月表发出激光和微波，测算着自身距月面的高度。它沿着一道陡峭的曲线，渐渐地扭转身姿，让自己垂直于地面，庄严而笃定地朝着中国几代航天人梦寐以求的那个地方着陆。

在“嫦娥三号”高度不断下降的过程中，远在地面监控中心的人们，说不定会回想起很多年前曾感受到的寒酸与不甘。那一年，美国总统尼克松访华，在他带给中国的礼物中，就包含美国宇航员从月球表面取回的岩石样本，那区区 1 克左右的样本满怀着美利坚合众国的骄傲，被总统先生得意扬扬地交到了中国学者手里。

如今想来，当年的那 1 克岩石样本实在是太重了，它不仅标志着中美两国在技术上的巨大鸿沟，也象征着一个航天巨人对年轻后进者的态度。中国人决定用钻研和勤勉来做出回应。这 1 克样本被一个年轻学者视作珍宝，他拿出其中的 0.5 克仔细研究，并和同事们先后发表了 14 篇学术论文，将这份标本的年龄、结构、成分全都研究得清清楚楚，事后，就连美国方面也对此感到惊讶和佩服。这个年轻学者的名字叫欧阳自远，他后来的头衔是：中国月球探测工程首席科学家、“嫦娥之父”。

在辉煌的光芒中，金灿灿的“嫦娥三号”距月表越来越近，其下方的三个撞击坑在摄像头中清晰可见，那越来越近的地面说不定会让监控中心的人们又想起 2007 年 11 月 5 日那天的一幕：欧阳自远先生和“两弹一星元勋”孙家栋先生在监控中心相拥大哭，他们等这一刻已经太久了。那天，作为探月先锋的“嫦娥一号”在 38 万千米的太空遨游后，用一连串纤毫不差的操作制动减速，并被月球引力捕获，开始成功地绕月飞行。这个让美国和苏联都栽过大跟头的技术难关，被中国航天人有惊无险地闯了过去。紧接着，“嫦娥一号”就传回了一系列前所未有的高清月球照片。屏幕前，热泪满面的中国学者们颤抖着鼓起掌来，他们终于能够分析中国人自己采集的一手数据了，当年那个航天后进者此时骄傲地挺起了胸膛。

摄像头中，月表越来越近，“嫦娥三号”自带系统正冷静地判断着地面结构。它悬浮在半空，时不时地做着水平方向的移动，以确保自己降落的地方没有陡坡和岩石。在探测器审慎的思量和判断中，监控中心的人们还不知道，几年后，2019 年 1 月 3 日 10 时 26 分，“嫦娥三号”的“妹妹”——“嫦娥四号”也将成功地降落在月球背面的冯 · 卡门撞击坑内。在那里的研究和取样，将有助于揭晓月球神秘的过往，同时，其极端而纯净的观测条件也将让人类对宇宙的认识更进一步。中国成为有史以来第一个实现月球背面软着陆的国家，进入了人类从未触及的未知领域。当年那个只能抬头仰望的年轻后进者，已经能够坦然地平视曾经的巨人。

3 米、2 米、1 米……当“嫦娥三号”探测器在无声的世界中轰然落地时，监控中心的中国航天人肯定不会知道，在他们一代代的薪火相传之下，“嫦娥五号”也将在之后的 2020 年 12 月 1 日于月球成功着陆，并在后续的一系列工作中将采集的月球样本送回它出发的地方。当年那个只能用 0.5 克样本做研究的年轻学者已经成了一位白发老人，他将亲手拿起并端详中国人自己采集的 1 731 克月球土壤样本，陷入无限的感怀和追忆。

尘埃落定后，“嫦娥三号”着陆器舱盖缓缓打开，“玉兔号”月球车在轨道的辅助下驶向月球表面，并留下了 114.8 米的车痕。当这只携带着五星红旗的“兔子”环顾这无尽的荒凉之地和星空时，监控中心的人们说不定还会想起那来自上古的传说，想起那数千年前孤身奔月的不朽女神：嫦娥在月亮上静静地感悟着时间的流逝，仿佛很早就知道，曾经在地球上仰望了她千年的人们终有一天将登门拜访。

2015 年 10 月，国际天文学联合会（IAU）正式公布，将

“嫦娥三号”着陆点四周边长 80 米的正方形区域命名为“广寒宫”。从此，这个过去仅仅存在于神话中的名字终于在物理世界有了切实的存在，曾经只能仰望嫦娥的凡人们用不懈的探索和拼搏精神，亲手为月亮女神缔造了宫殿。

从“嫦娥一号”升空到“嫦娥五号”顺利返回，中国无人探月工程顺利收官，华夏民族终于在月光普照的无尽征程里迈出了成功的第一步。每当“春江潮水连海平，海上明月共潮生”之际，我们都坚信，在未来，月亮的故事还将被继续讲述。

回顾上述一切，月亮意味着什么呢？它是克制的，是静谧的，是丰沛的，是富有哲思的，是团圆的，是不朽的，是神圣又兼顾世俗的，是婉约又彰显奔放的；它朦胧地唤起诗人的情思，又苍凉地赐予武将以坚毅；最重要的是，它是那群星中永远的召唤，感召着人们用理性和知识去追求美好，即使那美好仅仅存在于古老的神话中，即使那是夜空中可望而不可即的遥远女神。

荒白教授终于说完了。在月光的映照下，餐厅落地窗的纱帘被轻轻吹起，秦子愣在原地，一时半会儿没回过神来。他小声地问：“所以呢？”

“所以啊……”教授拉过一把椅子坐下，拿起吉他，映着月光弹出了几段温暖的和弦。他看向秦子，说：“要用月亮代表你的心。”

“似曾相识”

“教授，您觉得刚才这部电影怎么样？”秦子举着一个甜筒走出电影院，此刻，荒白教授正插着兜站在门口不远处，注视着街道上的车来来往往，沉默不语。

秦子走到教授身边，又问了一次：“教授，您倒是说话啊，电影好不好看？您要是觉得不好就直说，反正也是别人送的票。”说罢，秦子咬了一口甜筒。

教授冷淡地说：“秦子同学，你喜欢就好。”

秦子撇嘴道：“又来了……我从来就没见您直白地批评过什么，您就是‘老好人综合征’到晚期了，不治将恐深。要我说啊，电影场面倒还可以，就是情节落入俗套，时间倒流的这种科幻设定之前已经有过太多了，讲不出啥新鲜的了……教授，您发什么愣呢？”

荒白教授沉默地看着街道两侧金黄萧瑟的秋景，出神地说：“这部电影倒是让我想起过去偶尔会出现的一种错觉。”

秦子问：“什么错觉？”

教授说：“我有时会在某一刻突然觉得眼前的景色似曾相识，好像之前在某个场合下见过，车辆的位置、行人的神态、落叶飘落的轨迹，这些不可能复现的场景却好像不是第一次出现。”

秦子又咬了一口甜筒，然后忙不迭地点头道：“没错！没错！我也有过这种感觉，但是这和咱刚才看的电影有什么关系？”

教授转身开始往学校的方向走。“秦子同学，刘慈欣先生写过一部短篇小说，名叫《坍缩》，你看过没？”

秦子举着甜筒跟上来。“看过，说的好像是因为宇宙停止膨胀了，所以时间开始倒流，对吧？结尾特别有意思。”

教授说：“是，刘慈欣先生为了表现时间倒流，把最后几个自然段全都从后往前写了一遍，比如说，他把‘这不可能’倒着写成了‘能可不这’，为的就是告诉读者，故事里的角色说话都反过来了，因为时间开始倒流了。”

秦子兴奋地说：“对对对！我当时看到这儿都惊呆了，用文字倒序表现时间倒流，简直绝了！”

教授浅笑道：“我倒是有些不同意见。”

秦子激动地跑到教授面前，举着甜筒一边倒着走，一边说：“您对刘慈欣先生有不同意见？快说说，有什么不同意见？”那口气仿佛是看热闹不嫌事大。

教授说："刘慈欣先生的这个设计自然高明，但是他并没有突破生活经验的局限，比如说'这不可能'四个字，你把它们倒着写出来，时间依然是正向的。"

秦子诧异地问："怎么说？"

教授说："很简单，就拿'可能'中的'可'字来说，它的读音是 kě，只要这个字能被你念出来，那你就依然是遵循着声母在前、韵母在后的时间正序念的，其他的字也都是如此，而这与时间倒流这一基础设定是相悖的。"

秦子皱眉想了想，道："嗞……好像还真是……"

教授继续说："然而，这还不是问题的全部，因为如果时间真的开始倒流，也不是韵母和声母颠倒，然后从尾到头读那么简单。在真正的时间倒流里，人类说话应该是这样的……"

秦子问："什么样？"

教授用手指点了点自己的太阳穴。"听者大脑中的电信号会转化成耳朵鼓膜的震动，鼓膜的震动再传递给空气，空气的震动回到说话者的唇齿间，唇齿的动作再变成神经信号，而这神经信号最终又会回到发言者的大脑，这才是时间倒流时会发生的事情。很显然，在文艺作品中要直观地描述这一过程很难，甚至不可能。"

秦子举着甜筒愣住了。

教授继续向前走。"在刚才的科幻电影里，银幕上也呈现了时间倒流的画面，秦子同学虽然觉得那场面不错，然而，那也是不可能的。”

秦子追了上来，问：“为什么不可能？”

“因为‘看’这个动作如果在物理过程上细分，其实是光源的光线照到物体表面，经过反射进入眼睛，然后被翻译成神经信号的过程，这本身也建立在时间正序的基础之上。”教授推了一下眼镜，“如果时间倒流，那么你大脑中的信号应该被眼睛转化成光线，光线从瞳孔射出，经原路回到物体表面，被反射后再回到光源。这样的话，其实是谈不上什么‘看’的，更谈不上什么时间倒流情景的呈现，但这还不是真正的问题所在……”

秦子的脑子几乎转不过来了。“那真正的问题到底是什么呢？”

教授微微叹了一口气，说：“真正的问题在于，人形成记忆，本身也是个建立在时间正序基础之上的行为。如果时间倒流，大脑中的神经活动都会反向行之，记忆的生理基础也将被抹除，而人类的描述又建立在记忆的基础上，这最终构成了一个根本上的悖论……”说到这儿，教授站定，看着秦子微微摇头。“时间倒流不可能被亲历者描述，但凡能描述出来，就说明时间没有倒流。”

秦子不说话了，举着甜筒静静地站着，抿了抿嘴，随后也轻轻叹了口气。

教授继续插兜走了起来。“秦子同学，你知道吗？虽然咱们刚才谈论了很多关于时间正向和逆向的话题，但其实在相当长的一段时间里，人类都不知道什么是时间的方向。”

秦子似乎还没有从失望中走出来，只是低声应和了一句：“怎么说？”

“在过去，包括牛顿在内的很多伟大学者都曾经用数学来描述自然规律，但是让人们感到困惑的一点是，仅仅从伟大学者总结出的物理公式出发，人们是把握不了时间方向的，因为就算时间取逆，那些公式也依然成立。”

秦子转着眼珠想了想，似懂非懂地说：“那后来找到时间的方向了吗？”

教授看了一眼身边的学生。“找到了，在熵增里。”

“您说啥呢？”

教授说：“假如现在给你看一段只有几秒的视频，一个小球在平面上滚动，你能分辨出这段视频是正放还是倒放的吗？”

秦子捏着下巴想了想，说：“好像不能，正放倒放都是可能的，因为看起来没区别。”

教授说：“但如果这段视频足够长，你看到小球越滚越慢，最后终于停止，你就能确定视频是正放的，因为小球在滚动的过程中产生了摩擦，能量以热的形式散到周围的环境中去，这就是熵增加了，而这个过程是不可逆的。”

秦子恍然道：“好像真的是……那个平面上的小球不可能吸收热量，然后自己凭空滚动起来。”

“对。所以时间的方向其实是由热力学定律确定的，熵增作为这个世界的基本原则不可逆。”教授伸手指了指，秦子顺着方向看去，发现手里的甜筒已经在不知不觉间化了，流得满手都是。

教授说："当然，依据熵增只不过是确定时间方向的手段之一，现在的物理学家还找到了其他办法，但那些要给你讲清楚就很难了。"

秦子从甜筒一直舔到自己的手指。"教授，您跑题太远了，您还没说这部电影为什么让您有似曾相识的感觉。"

教授的表情微微惆怅。"如果让我来写一个故事，我会这么安排剧情：在将来的某一天，人类的物理知识有了进一步的飞跃，可以从更底层的逻辑观察时间，人们会发现，其实自己在一生中经历过很多次时间倒流。"

"很多次？"

"是的，很多次。比如有一次，你在路上走着，看到一个美丽的姑娘，你鼓起勇气，上前礼貌问候并与她相识，你们两人慢慢相恋，然后结为夫妻，生儿育女，你们的孩子慢慢长大，你们两口子也慢慢变老……然而有一天，因为宇宙的震荡，时间开始反向流逝，你们脸上的皱纹渐渐消失了；垃圾场里的头发回到了家里的垃圾桶，然后回到了地板和枕头上，最后又回到你的头上，你们夫妻两人的白发也一丝一丝地变黑……"

秦子不说话，静静地听教授说下去。

"你们的孩子从一个成年人慢慢变成少年，又从少年变成儿童，最后回到母亲的肚子里，化为一颗小小的受精卵。你们两人也从夫妻变成恋人，从恋人变成熟人，在这个过程中，你们彼此之间的爱和记忆都被不停地抹去。直到最后，你们又回到了当初那个相识的路口，相爱几十年的夫妻在时间逆向的洪流中终于成为擦肩而过的路人……”

听到这儿，秦子依然静静地站着，眼睛里似乎有什么在闪烁。

“幸运的是，宇宙的震荡结束了，时间又开始正向流逝，你看到路边有个美丽的姑娘，于是鼓起勇气想上前问候。”教授说到这儿，摊开双手，“此时，奇怪的感觉来了，经仔细回忆确定，你之前一定是没见过那个姑娘的，但眼前的她和这一瞬的街景却不知为什么……似曾相识……”

秦子缓缓地说：“我记得有句法语……”

教授点头道：“Déjà vu.”（似曾相识。）

说到这儿，荒白教授站定，抬起头，看着金黄色的树叶在萧索中徐徐飘落，一片接着一片，一片接着一片。

人类为什么花大钱探索太空？

秦子正盘腿坐在电视机前，聚精会神地按着游戏手柄，脸涨得通红。突然，荒白教授走过来，拿起遥控器一按，换了频道。

秦子脖子上霎时冒出青筋来。“教授，你干吗呀？我好不容易打到关底 boss（头目）！我还没存档呢！”

教授没回头，把遥控器捏在手里，看着电视屏幕。“你这个星期，天天跑我这儿来蹭吃蹭喝，现在电视也想霸占？看看这个，这可是全人类的大事。”

秦子龇牙咧嘴地看过去，只见电视屏幕上，一枚火箭正在点火，在轰然升腾的浓雾中，其尾部爆射出光芒耀眼的火焰，气势磅礴地冲入苍穹。

教授看得入神，不住地微微点头，秦子看了看屏幕，又转头看了看教授，“哼”的一声把手柄一扔，双手枕在头后，闭眼撇嘴。

教授没回头，依然盯着屏幕，问：“干吗？”

“净整这些没用的。”

“你说什么没用？”

秦子闭着眼，伸手指向屏幕。“我说这电视里的东西没用，眼下社会上还有那么多人生病受灾，饭都吃不上呢，把大笔的预算扔进虚无缥缈的太空而不解决切实的社会问题，纯粹是浪费纳税人的钱。”

教授冷哼一声。秦子听出了教授的嘲讽，睁开一只眼睛，问：“您笑什么？我说错了？”

教授依然看着屏幕上的发射直播，道：“何止错，简直错到离谱。探索太空是最具意义的人类实践之一，我甚至都在想是不是应该加上‘之一’两个字。”

秦子又盘腿坐了起来。“那您倒是说说，探索太空有什么实际意义？事先声明，我说的可是实际意义，至于什么满足好奇心和激发民族自豪感之类的话，您还是别说了，没劲！”

“探索太空最重要的意义在于……”说到这儿，教授慢慢转过身来，看着秦子，“人类有个不可克服的弱点，即他们的思维总是受限于实践经验。”

秦子盘着腿，翻了个白眼。

教授坐到沙发上，跷起腿，继续说：“秦子同学不妨想想看，世界各地古代的神怪都是什么样的：中国的女娲，上半身是人，下半身是蛇；古希腊的弥诺陶洛斯，上面是牛头，下面是人身；古埃及的阿努比斯，是胡狼头配人身；玛雅人的雨神库库尔坎，是身上长了羽毛的蛇。虽然这些神怪的形象奇特，但是塑造他们的古人们究竟想象出什么实践观察之外的新东西了吗？”

秦子的眼珠转了转，他捏着下巴答道：“好像没有……？”

教授点头道：“是的，没有。这些所谓神怪的形象，无一例外都是各种已知自然元素的重新组合，说白了，还是古人实践观察之内的东西。”

秦子点了点头，但旋即又问：“所以呢？这和探索太空有什么关系？”

“其实，不仅古人有这个局限，近现代人的思维一样受限于实践经验。如果你回到 17 世纪，问一个欧洲贵族想要什么更好的交通工具，他们会回答想要更快、更舒适的马车，而不是汽车。再比如，中国有一位了不起的科幻作家，名叫叶永烈。叶先生出版过一个科幻故事，叫《小灵通漫游未来》，书中对未来世界的衣食住行等方方面面做了畅想，有悬浮的汽车、人造食物等。但很有趣的一点是，叶先生笔下的未来世界竟然没有互联网，秦子同学知道为什么吗？”

“因为作者没见过？”

教授点头道：“对，这个故事出版于 1978 年，当时的中国还没有互联网。”

秦子听完，挠着头陷入思考。

“所以，秦子同学，你现在明白了吧？人们过去总是误以为思维是领先于实践的，但其实恰恰相反，人的思维常常会被实践经验局限，在见到乃至做到很多事之前根本就想象不出它们，而且……”

秦子问：“而且什么？”

“而且，更加让思维难以追上实践经验的一点在于，人类往往习惯于直线性地思考问题，却难以预料间接影响。社会上普遍存在着一种误会，即觉得人类的科技在发展历程上仿佛是一条项链，一个个科技成果就好像被穿在细线上的珍珠，上一个紧挨着下一个，下一个紧挨着下下个，就这样排列得整整齐齐，仿佛一切都会按照人们预料的轨迹发展。其实根本不是这样的……”

“不是这样？那是什么样？”

教授答道：“人类的科技成果在结构上更像是网状的，有些看似不着边际的技术，其实彼此间接存在着意想不到的牵引和启发。”

秦子伸长了脖子。“您能举几个例子吗？”

“当然。秦子同学，第一次工业革命的关键是什么？”

“当然是蒸汽机的发明和推广。”

教授追问：“那蒸汽机的关键又是什么？”

秦子想了想，摇摇头。

教授冲着秦子微微俯身，道：“是活塞，活塞结构把煤炭的化学能转换成了机械的力量。但是，秦子同学，你知道吗？活塞技术得以实现，一个很重要的原因在于英国社会的其他行业在无意间做了技术积累。”

秦子摊手道："教授，您说得靠谱吗？哪些行业会在工业革命之前积累活塞技术？"

"英国有一位历史学家，名叫西蒙·谢弗，他就指出蒸汽机的活塞技术其实来自另外三个行业。"说到这儿，教授伸出三根手指，"分别是火炮、钟表和啤酒。"

秦子往后梗着脖子，问："这些行业都挨着吗？"

教授说："当然不挨着，但技术的转移和继承就那么发生了。比如说，英国的火炮工程师掌握了一种精密的金属加工技术，可以把活塞严丝合缝地安装在气缸中，而钟表工匠则非常善于将杠杆的往复运动转换成圆周运动，酿酒师则在酿制啤酒时有着稳定蒸汽压力的手段，这三个行业的技术在历史中融会交织在了一起，最终促成了蒸汽机活塞的发明。在工业革命之前，这三个领域的工匠自然不可能知道蒸汽机是何物，但他们从自己的实践经验出发，最后愣是做出了一个他们想都没想到过的东西，这便是在科技的网状结构中，实践领先思维的一个典型例子。"

秦子低头想了想，又抬头看向教授，摊手道："所以呢？您说了这么多，和探索太空的关系是？"

"探索太空就是人类最前沿的实践之一。"教授说着插了兜，转头看向屏幕中升空的火箭，"在这个过程中，人们将设定一个宏大而艰巨的目标，并以此为导向，将其细化成一个个具体切实的问题去解决。科学家和工程师们不断地想出新方案、新点子，以突破过去实践经验的局限，并使得这些创新最终推广到人类生活的方方面面，做到过去人们思维所不及的事。"

“请您说具体点儿。”

“比如说，你刚才提到的受灾吃饭问题。今天某个地方出现灾情后，救援物资里会有大量的速食食品，而其中包含的冻干脱水食物在技术上的源头就是阿波罗登月计划，这是当时科学家们为了给食物保鲜减重，同时保障宇航员的营养供给而开发的技术。”

秦子笑了。“啥？灾民们吃碗方便面什么的还能和阿波罗计划扯上关系呢？”

教授点头道：“当然，但不止于此。再比如说，你刚才还提到了看病问题，现在医院重症监护室里的诸多技术，最开始也是为了追踪宇航员的生理指标而研发的。还有，当年哈勃望远镜的镜片出了点儿问题，拍出的照片模糊不清，为了解决这个麻烦，工程师们研发出一套新的图像算法，以调试出更加清晰的宇宙照片。但是你猜，这个技术后来用在哪儿了？”

“用在哪儿？”

“恰恰用在了你提到的医疗领域，这套图像算法可以高效准确地筛查早期乳腺癌，即使是专业精深的医生也未必能做到的事被一个来自航天领域的创新解决了，这就属于做到之前没人能想到的事，实践再次领先于思维。”

秦子听完之后，抬头环顾了一下房间，问：“这样的例子还有吗？”

“这样的例子千千万万，三天三夜都说不完。如果我们把所有来自航天领域的创新都去除，那我们的生活其实剩不下什么东西，不仅你的运动鞋会消失，你小时候只怕连尿不湿都用不上了。人的思维受限于实践经验，而探索太空就是人类最前沿、最具突破性的实践，它带来了无与伦比的牵引和溢出效应，现代社会的各行各业都受益于此。”说到这儿，教授按了一下遥控器，把电视调回游戏画面，然后朝门口走去。当他拉开门探身出去的时候，他突然又后撤了一步，仰身回头对秦子说：“哦，对了，你拿的是无线手柄，这种内置电源技术也来自阿波罗计划。感谢太空探索吧，秦子同学。”

说罢，门砰的一声关上了。

死神的寿命

荒白教授推开办公室的门，看见秦子正坐在自己的转椅上，双脚搭上办公桌，捧着一本书专注地读。

教授皱眉道："脚放下来，还有没有规矩了？"

秦子放下脚，没说话，继续闷头读着。教授走过去，把手里的文献摞在桌面上，低头看了一眼，见秦子手中书的封面上写着"死神永生"[①]。教授笑了笑，转身去泡咖啡。

"教授，您有话想说？"秦子放下书，看着教授的背影，"您不喜欢刘慈欣的作品吧？我感觉到了，但我觉得'三体'这部系列小说写得太好了，我看得脑袋嗡嗡的。"

教授端着咖啡杯，用金属小勺搅动着，发出轻微的脆响。

---

① 此书全名为《三体 3：死神永生》。——编者注

“不，我很喜欢刘慈欣先生，也很喜欢他的作品，特别是《三体》，只不过对你手中这本书的名字，我有些不同的理解。”

“怎么讲？”

“在故事里，地球毁灭了，太阳系毁灭了，甚至整个宇宙最终都走入穷途末路，这使得‘死神永生’这几个字给人的感觉就仿佛是狰狞的诅咒。”

秦子挑眉道：“难道不对吗？大家都完蛋了，死神取得了最终的胜利，多么阴暗绝望的结局！”

教授转过身，端着咖啡杯靠在夕阳斜照的窗台上。“年轻人，你完全错了，在我看来，‘死神永生’其实是对这个世界最美好的祝福。”

秦子听完几乎傻了，愣了半天才开口道：“死神永生是对世界的美好祝福？为什么？难道死是一件好事？”

教授抿了一口咖啡，才说：“年轻人，关于死亡，你想不想听听我的一家之言？”

秦子慢慢把书放下，轻轻点了点头。

教授说：“在地球生命的早期阶段，海洋中有无数结构简单的微小生物，它们是靠无性生殖来繁衍的，就像阿米巴虫那样，母体一分为二，二分为四，再四分为八……因为是复制分裂，所以如果排除小概率事件的影响，那这些无性生殖的后代彼此之间几乎没有区别。”

秦子不以为然。“所以呢？您说的这些和死亡有什么关系？”

教授说：“很简单，对于这些彼此之间不存在特殊性的复制个体来说，并没有严格意义上的死亡，因为在我们的日常语境中，死亡意味着不可挽回。”

秦子有些蒙。“什么意思？”

教授推了一下眼镜，说：“假如学校里有成百上千个秦子同学，并且还在不断分裂、增加人数，所有的秦子在身体细节乃至言谈举止上都完全一样，都是看不出差别的复制品，那我用棍子打死其中一个，学校里会有其他人站出来，在一大群秦子同学中间表示秦子死了吗？”

秦子挠着头，道：“好像……不会？”

教授点头道：“是的，因为这些个体之间完全一样，看不出消失的和继续存在的之间的差别，所以就算某些复制品的生命活动停止了，也更多地算是数量上的减少，而不是咱们习惯语境中的死亡，毕竟还有一模一样的复制品继续活动着，然而……”

“然而什么？”

“然而，我刚才的类比并不恰当。”教授放下咖啡杯，双手插兜，“因为秦子同学是人类，而人类是复杂生物。我们是有性生殖的产物，从父母那儿分别继承一半遗传信息，然后融合为一个独一无二的个体，并在之后的生活中面临各种随机突变和社会经历。所以每个人都是与众不同的，当一个人的生命活动停止时，这个独一无二的个体也就消失了，从此世上再也没有他的存在。这才是咱们习惯语境中不可挽回的死亡，是真正严格意义上的死亡。”

秦子陷入沉默。

教授继续说：“地球上的生命一开始就是无性繁殖的，微生物在海洋中不停地复制自己，那时只有数量的增减，谈不上真正的死亡。后来，有性生殖出现了，它使得生命的结构趋于复杂和独特，自那以后，死神才真正地来到世间。所以，狭义上的死亡是进化的产物，死神其实是生命之母孕育出的孩子，因为它是伴随着复杂生命一起出现的。当然，这只是一种浪漫的修辞，不是严谨的学术表达。”

秦子犹豫着说：“可是……教授，您还没有解释‘死神永生’为什么是个祝福……”

教授双手抱在胸前。“因为死神也是有寿命的。”

秦子脑袋里的问号都快堆到顶了。“死神有寿命？”

“是的。国外有位学者，名叫彼得·沃德，他对地球的未来做了非常悲观的预测。总的来说，地球的发展就像人的一生，也有生老病死。最开始，地球上一片炙热，岩浆漫流，后来在数亿年的时间里，地球冷却了下来，并出现了海洋。再之后，海洋中出现了微生物，这些微生物又变得复杂和多样。以此为基础，动物出现了，植物出现了，它们登上陆地，改造环境，并把整个地球变得生机盎然。”教授用手点了点秦子，“那位学者认为，大概在中生代早期，地球就好像你这个年纪，青春澎湃，处处丰饶，生命出现在地球的各个角落，但是……”

“但是什么？”

“但是，青壮年之后就是老年，而人类相当于正好出现在地球生命的老年阶段。这主要是因为太阳受制于恒星的聚变规律，相对于几亿年前已经变得很亮，并且会随着时间的推移变得越来越亮。在它的影响下，地球将不停地被剥夺水分，几亿年后，动植物将可能会从荒芜干燥的陆地撤回大海。再之后，复杂生命也会因为水温的升高而消失，生命最终将回到原初的状态，回到那个只有微生物的复制增减，而没有真正死亡的状态。”说到这儿，教授表情复杂地看着秦子，“等到了那个时候，死神也在缓缓走向自己寿命的尽头。”

秦子听罢，默然良久。随后他站到教授身边，看着窗外夕阳的余晖，喃喃地说：“教授，我之前从来没有用这种方式思考过死亡。”

教授侧身，一同看向窗外，说：“这只是我的一家之言，不必太过当真。说到死，前两天，咱们学校有个老先生在食堂吃饭时和我说，他 90 多岁了，诊断出了癌症，正在走向死亡。”

秦子问：“您是怎么回应的？”

教授说：“我说我也正在走向死亡，世界上的每个人都是。老先生很豁达，哈哈地笑了出来，说他此生没有留下遗憾，我实在是很羡慕。对我们每个人来说，死神都是必然降临的，我们要做的就是在它到来之际放平心态，做好准备。但对整个地球来说，死神并不是终结，而是复杂生命的陪伴者与见证者。”

秦子说：“宇宙这么大，地球上的生命一定能找到出路，对不对？”

“希望如此。”荒白教授在窗前站定，当最后一抹夕阳的余晖缓缓移下他的脸庞时，他望着天际隐隐出现的群星轻轻地说，“祝死神永生。”

数学为什么是必修课？

“秦子同学为什么会在这儿？”

学校体育馆里，秦子正搓手准备攀上岩壁，突然听到身后传来荒白教授的声音，于是转头说：“教授，我试试新线路。”

教授搓着手上的镁粉，说：“秦子同学，现在这个时间，你应该在高数课堂上吧？”

秦子笑了一声，回头紧了紧安全带，说：“没有必要。”可他刚要发力，就被教授拽了回来。教授问：“什么没有必要？”

秦子一脸不耐烦地说：“我说去上高数课没有必要。”

教授摇头道：“秦子同学，这句话不像一个大学生该说的。”

“我不是数学专业的学生，又不搞物理和精算，我学高数干吗？别说高等数学，依我看，数学这玩意儿其实学到初中水平就够了。”秦子抬头看了一眼教授，又补充道，“是是是，我知道您能说会道，更高层次的数学在各行各业都有什么意义，您能随口说几个小时，所以我仅就个人情况表态。我说我自己，在今后的人生中，数学学到初中水平就够了。”

教授却说：“不，不够，秦子同学不能就这么放弃对自己的要求。即使不谈社会应用，光是在个人成长方面，数学也是极有价值的。”

秦子问：“有什么价值？”

教授说：“很多，比如，学数学能扩充你的词汇量。”

秦子“哼”了一声，说：“这叫什么价值？我要是想扩充词汇量，去背词典不行吗？”

“不行，有些词语只能在学习数学的过程中积累，因为那些词语蕴含的其实是一套复杂的思维方式乃至世界观，而这是背词典所做不到的。”教授一边说，一边摘下眼镜擦了擦，“秦子同学，你知道第一次数学危机吗？”

秦子摇头道：“数学危机不知道，我就知道《生化危机》。”

教授没有理睬秦子的打岔，继续说：“公元前 470 年前后，数学差点儿完蛋了。”

“数学完蛋？什么意思？”

“就是说，数学作为一门学科在理论上出现了重大矛盾，就仿佛大家在一起编一个故事，但编着编着，大家惊讶地发现这个故事圆不回来了。”

秦子一听这个，脸上就露出了看热闹不嫌事大的笑容。“您具体说说，数学怎么就完蛋了？”

教授说：“公元前5世纪，古希腊有一个影响力很大的学派，叫毕达哥拉斯学派。这个学派虽然以学术成就闻名于世，比如发现了勾股定理，但是也搞一些神秘主义和政治活动，所以这个学派的领袖毕达哥拉斯的身份很复杂，他既是学术领袖，又像是‘教主’和‘帮派老大’。”

秦子说：“嚯，这身份还挺酷。所以，是毕达哥拉斯引发了数学危机？”

“不，是他的学生引发的，但毕达哥拉斯也需要为此负责。在公元前5世纪，毕达哥拉斯声称，世间的一切数都可以被归纳为整数和整数之比，而数也恰恰是世界的本源，是一切事物运转的根本原则。”

“我怎么觉得神神秘秘的，真有点儿教主的劲头了。”

“确实，那时候数学理论还非常浅陋，而且科学远未昌明，所以人们在研究抽象概念时，很容易滑到神秘主义的旋涡里去。另外，因为当时的数学主要是古希腊人对生产实践的总结归纳，这使得毕达哥拉斯的理论基础，即世间一切数都可以用整数和整数之比来表示，也是符合直觉和经验的，大家看不出有什么破绽。”

秦子问：“后来呢？到底是什么引发了危机？”

“后来，毕达哥拉斯有个学生，名叫希伯斯，他发现了一件非常可怕的事……”教授说到这儿，嗓音都低沉了下来。

秦子也慢慢凑过去，小声问：“到底是什么可怕的事？”

教授说："他发现，一个边长为1的正方形，其对角线长度无法用整数或整数之比表示。"

秦子听完，肩膀都快耸到耳朵上边去了，摊开双手，道："边长为1的正方形的对角线长度？那不就是$\sqrt{2}$吗？"

教授说："是的，但是当时的古希腊还没有人知道根号是什么东西，更没有无理数的概念，所以，正方形的对角线长度引发了一些人的恐慌。"

"恐慌？"

"是的，特别是毕达哥拉斯本人，简直惶惶不可终日，因为正方形对角线的长度问题是他无论如何都无法解释清楚的。可以说，他之前的所有理论都因为这个小小问题崩塌了。这就是第一次数学危机。"

秦子说："那赶紧把理论改一改，圆回来不就行了？"

"没那么简单。"教授摆摆手，"毕达哥拉斯对于自己的数学理论有一种宗教式的狂热崇拜，不容亵渎，所以当他发现希伯斯指出了自己理论的问题所在时，他要求自己的学生闭嘴，不许对外界透露这件可怕的事。"

"但他的学生还是对外披露了这个秘密，对吧？"

"是的，在历史传说里，毕达哥拉斯也因此陷入狂怒之中，命人把这个背叛自己的学生扔进大海淹死了。"

秦子倒吸了一口凉气。"好家伙，古希腊'学阀'还能直接杀人灭口呢。"

教授说："虽然希伯斯被杀了，但他揭露的问题却已然为公众所知，所以古希腊人不得不硬着头皮去应对。正是吸取了这场危机的惨痛教训后，古希腊学者才明白，来自生活的经验和直觉是不可靠的，严谨的逻辑推理才是真知的基石，这也在后世成为自然科学的基本原则。所以，如今有很多专家表示科学孕育自‘两希’文化，即古希腊和希伯斯。”

秦子点了点头，道：“但您说了这么多，我依然没看出数学对个人能力的提升有什么帮助。”

教授说：“维特根斯坦说过一句名言，语言的边界即世界的边界。你可以将其理解为：如果一个概念对于某人是无法言说的，那么在此人的世界观里，这个概念即是不存在的。”

秦子说：“教授，您说得太抽象了，我没明白。”

教授说：“结合刚才的例子来看，在第一次数学危机爆发时，毕达哥拉斯的脑海中还没有无理数和$\sqrt{2}$这样的词，这使得他根本无法描述正方形对角线的长度，因为他脑内是没有相应概念的。”

秦子低着头，捏着下巴，一边思考一边说：“好像是啊……无法用词语表达出来的概念，就很难对其进行分析推理，有种大脑使不上劲儿的感觉。”

教授点头道：“这样的例子在当代也有。1987 年，有个人类学家深入菲律宾雨林中的矮黑人部落，他发现这些矮黑人的文明水平依然处于石器时代，语言中没有 3 以上的数词。”

秦子问：“他们只能数到 3 吗？”

教授点点头。“人类学家曾问一个矮黑人女性有几个孩子，那个女性的孩子超过了 3 个，于是她就不知道该怎么表达了，只能依次说出孩子的名字。凡是大于 3 的数字，他们都无法理解，所以这些原住民无法使用大面值货币，在和外界做交易时只能以物换物，这便是难以理解、不能言说的概念。”

秦子说：“我大概明白您的意思了，但我依然觉得这些离我很远，毕竟我能数到 3 以上。”

教授又一次摇起头来。“然而，在数学的世界中，并不只有整数和无理数的概念，还有很多词是完全超出生活经验范围的，如果没有学习过相应的数学知识以掌握相应词语，人们就很难甚至无法表达一些概念。”

秦子问：“您能举几个例子吗？”

教授说：“当然。比如，你如何靠日常用语表达补集这个概念？”

“嗯……这个我知道，大概是一定范围内的元素组合中……某一个相对小范围内的元素之外所有其他元素的总和？”秦子说完这一大串，忍不住喘了口气。

教授笑道：“且不说你刚才的表达是否严谨，就光说这么长一串啰唆的话，费劲不费劲？麻烦不麻烦？你不妨再说说，逆否是什么意思？周延是什么意思？共轭、递归、期望、离散、积分又都是什么意思？”

秦子红着脸张了张嘴，但什么都没说出来，脑门儿上还浮出一层虚汗。

教授摊开双手，说：“就算你能给出一个不甚严谨，甚至啰唆的解释，在思考中，如果不能把复杂抽象且自带前提和限制条件的概念压缩成简单词语，那么人的大脑内存将很快被占满，思考和推理就会变成一件特别低效且痛苦的事。特别是那些根本没接触过的数学词语所对应的概念，你根本就不能理解，就像菲律宾热带雨林中的矮黑人原住民不能理解 8 是什么意思一样。”

秦子吸了一口气，点了点头。

教授抬起头看着高高的岩壁，说：“做个类比的话，思考一个复杂问题就好像攀岩，而一个个数学词语就仿佛岩壁上的凸起。如果没有这些数学词语，你就仿佛在爬一面光滑的玻璃墙，有一种大脑使不上劲的感觉，而有了这些数学词语，你就可以踩着它们、抠着它们，以让自己的大脑充分发力，进退有据，在岩壁上又快又稳地攀爬。秦子同学，如果一个人在思考时又快又稳，那我们通常会用一个词来形容此人。”

秦子问：“聪明？”

教授点头道：“所以，回去上数学课。”

/ ?
shift
Enter

我们沿途的烟火

社会生活篇

叁

最有利于团结的事

“教授，您在干吗呢？”秦子晃晃悠悠地走进办公室，见荒白教授正坐在电脑前打字。

教授没回头，继续坐在屏幕前，眼镜上反射出一片蓝光。“写一篇文章，关于扶贫的。”

秦子走到教授身后，弯下腰盯着屏幕看了看，扑哧一下笑了出来。“我的天哪，教授，您原来的文风可不是这样的，您这是把扶贫吹到天上去了，这一个个‘大词’用的，至于吗？”

教授被秦子的嘲讽打断了思路，站起身，走到咖啡机前给自己接了一杯咖啡，一边低头用小勺搅和着一边说：“扶贫是一件无论怎么称赞都不为过的事情。”

“为什么？”

“因为这关乎公平和团结，关乎这个社会的存续。”说罢，教授抿了一小口咖啡。

秦子靠在办公桌旁。“公平似乎还说得通，但这和团结有什么关系？怎么就关乎社会存续了？”

教授转身放下咖啡杯，说：这当然和团结有关，因为在人类社会中，公平和团结有时就是一回事。”

“明明是两个词，怎么能是一回事？”秦子问。

教授问：“你知道卷尾猴吗？”

“这是一种猴子？”

教授说：“嗯，是一种机灵的小猴子，多见于中南美洲的雨林。有一位专家名叫莎拉·布鲁斯南（Sarah Brosnan），她对卷尾猴做过很多观察实验，结果发现这些小猴子特别在乎公平。”

“怎么讲？”

“专家把两只卷尾猴关在两个彼此独立但是紧挨着的笼子里，让它们做同样的任务，并且给它们奖励。一开始，其中一只卷尾猴做完任务接受了专家给它的小黄瓜片，但是，当它发现自己隔壁的同类在做了同样的事情后竟然能得到更美味的葡萄时，它立刻表现出了不满。”

秦子笑道：“什么？猴子还在乎这个呢？”

教授说：“非常在乎。当这种不公平的情况再次出现时，被亏待的卷尾猴就发火儿了。”

秦子问：“它是怎么发火儿的？”

教授说：“它把黄瓜片从笼子里扔了出来。”

秦子哈哈大笑，说："它好傻！它要是不扔黄瓜片，至少还能有些回报，现在把黄瓜片扔了，自己一无所有，而隔壁的猴子还是得到了葡萄呀。这卷尾猴也不怎么机灵啊。"

教授推了一下眼镜，说："我倒是觉得小猴子比你更聪明一些呢。"

秦子愣住了。"怎么讲？"

教授说："被亏待的卷尾猴是在抗议，而抗议的目的在于强烈提醒占便宜的那方要注意自己的行为。专家发现，如果卷尾猴不知道隔壁同类得到了什么，那么它还是可以接受黄瓜片的，但如果双方都看到了彼此待遇上的不同，而得到葡萄的一方还能坦然处之，那拿着黄瓜片的一方就会非常愤怒，因为这体现的是一种冷漠，是一种对同类糟糕处境的无动于衷和毫不在乎。这个世界上有很多灵长类动物个体战斗力并不强，在大型捕食者眼中就是一块在林间飞荡的肉。面对危机四伏的大自然，团结是这些灵长类动物分担风险、提升存活率的有效手段，这次我照应你，下次你也要帮衬我，这样大家才能一起活下去，然而……"

"然而什么？"

"然而，如果在一些事情上，你的行为表明你根本就不在乎我的感受，那我自然也就不能指望你在危机来临时帮助我。既然你不能帮助我，那我凭什么还要和你生活在一起？我不想和那些不在乎我的同类生活在一起，因为这一点儿好处都没有。"教授说到这儿，盯着秦子的眼睛，"现在你明白公平和团结之间的关系了？"

秦子脸红了。

教授接着说："这世界上还有一种灵长类动物，肉体非常软弱，但是认知能力很强，这让他们在险恶的大自然中更加依赖团结。而正是对团结的高度依赖，使得他们进化出了极度在乎公平的心理，任何不公平的事都会让他们陷入愤怒。"

秦子的声音低了下去："您说的这种灵长类动物是不是……"

教授伸手点住秦子，说："没错，就是人类，就当下来说，还是互联网时代的人类。"

"为什么要强调互联网？"

教授说："因为卷尾猴在不知道隔壁同类得到什么回报时，本是可以接受黄瓜片的，但是互联网的普及，让传统媒体时代没有机会曝光的不公平广为人知了。大家惊讶地发现，隔壁同类拿到的不是黄瓜片，而是葡萄，有的时候甚至是西瓜。一旦这样的不公平被曝光，我们就不能再假装没看见，你知道为什么吗？"

"为什么？"

"因为拿黄瓜片的人们也知道他们被看到了。人们对他们的困境做出的回应会反映这个集体内部成员看待彼此的态度，而这个态度在根本上关乎这个国家的团结和存续，所以无数的扶贫工作者前赴后继，献出汗水、鲜血、青春，甚至生命，其实仅仅是为了向那些身处困境的同胞说四个字。"

"哪四个字？"

教授说："我们在乎。"

秦子的身体微微颤抖起来。

教授走到秦子身边，说：“这片土地上依然还有很多不公，涉及方方面面，有关于地域、性别、年龄的，当然也有关于发展水平的。而扶贫工程恰恰就是在维系公平的一系列国家工作中最艰苦卓绝的一个。所以，我写文章称赞扶贫，有错吗？”

秦子连连摆手，道：“没有……完全没有……”

教授又说：“这两年全世界的形势急转直下，很多国家的发展陷入了停滞，甚至倒退，大环境变得严酷了，艰难的岁月也要来了。在这种全球危局之下，这个社会要团结一心才能柳暗花明，所以请你记住，要多做有利于团结的事。”

秦子看着教授，问：“那您觉得什么是最有利于团结的事？”

教授坐回电脑前，继续写起称赞扶贫的文章。“消灭这片土地上的不公就是最有利于团结的事。”

值得尊敬的医生

秦子拿着塑料袋从医院大门出来，和荒白教授正好撞上。

“秦子同学，你不高兴？”

“我去医院看伤，医生让我去拍个 X 光，但拍完以后，那医生也没看出什么异常，那我不是白花钱了吗！我就和那医生起了争执，一出来就碰上您了。”说完，秦子拎起 X 光片的袋子，委屈地给教授看了看。

教授皱眉道：“秦子同学，你做了一件非常错误的事。尊敬医生是必须的。”

秦子不满。“啊？您怎么胳膊肘往外拐呢？我每个月的生活费不多，拍 X 光也不算便宜……”

教授抬手示意秦子打住。“从 X 光片没有看出异常并不意味着这项检查就是没有意义的。这个咱们暂且不论，我先问你，你知道一个国家的崩溃是从什么开始的吗？”

秦子摇头。

教授说：“一个国家的崩溃是从医疗卫生领域开始的。美国有家机构做过调查，发现一个国家，特别是热带地区的国家在崩溃之前，有个指标会明显上升，几乎成为社会动荡的预警信号。”

“什么指标？”

“婴儿死亡率。”教授推了一下眼镜，“社会的动荡会提前从医疗卫生领域暴露，并体现在婴儿死亡率上。如果一个国家的婴儿死亡率开始上升，这就说明当局软弱无能，并且已经开始失去控场能力。如果任由这种局面恶化，用不了多久，巨大的社会危机就会降临。”

秦子愣了愣，说：“不对吧……那孩子生病还可以出国去看啊……”

教授闭眼揉了揉太阳穴，说：“暂且不说一个国家里有多大比例的家庭可以做到境外就医，光是医疗系统崩溃导致的婴儿死亡率上升给一个国家的发展带来的长期影响就是灾难性的。”

“给小孩看病这么重要？”

“当然重要。如果婴儿死亡率居高不下，那么女性就会尽可能地频繁受孕和分娩，以对冲婴儿的高死亡率。而妇女在怀孕和产后恢复期间是无法从事繁重劳动的，其配偶就要长期做额外的工作以弥补劳动力损失。这种压力往往是极大的，不仅无法积累财富，同时男性的劳动所得也会被家里更多的人口稀释，最后全家人一齐坠落到温饱线以下，久久不得解脱。这是一些国家正在发生的事实。”

秦子咬了咬嘴唇，道：“我之前确实没想到……”

教授说：“还没完呢。频繁的生育不仅会稀释生活物资，过多的子女也会分散父母的精力和注意力，有的孩子因为在出生后被父母冷落甚至无视而在神经系统发育的过程中遇到困难，这对他们的情绪控制和脑力发展都是极其不利的。如果一个国家普遍发生这种情况，那这个国家还谈何振兴？到时全国都会陷入并长期处于这种致命的负反馈中。”

秦子说：“教授，您说的是真的吗？我怎么觉得有点儿玄乎……”

教授插兜，说：“你知道我刚才提到的那个发现婴儿死亡率和社会动荡之间相关性的是美国哪家机构？”

“哪家机构？”

“CIA，也就是美国中央情报局。在预判社会动荡这件事上，全世界没有比它更专业的机构了。”

秦子沉默了一会儿，还是有些犹豫。“可这不主要是热带地区才面临的问题吗？中国大部分地区位于温带，我觉得完全没必要担心这个……”

教授说：“低纬度地区的婴儿死亡率高的一个重要原因就是各种传染病和寄生虫的肆虐，比如疟疾每年就会杀死无数儿童。但现在全球气候在变暖，原来低纬度地区的各种疾病和寄生虫已经开始出现向高纬度地区扩散的倾向，登革热就是个例子。那些热带国家面临的危机可能很快就会出现在我们的生活中，更何况有些传染病并不局限于热带地区，而是全球性的，这还不够让人警惕吗？我问你，当疫情来袭时，谁来稳住这个社会的根基？谁去一线迎战？我们能指望谁？”

秦子转头看了看医院，低头不再说话。

教授说：“新中国成立之前，国内婴儿死亡率曾经一度高达200‰，将近一半的孩子活不到成年；截至2020年，这个数字已经降到了5.4‰。是医生们拼死把这个民族拽出了绝望的轮回，而保护孩子仅仅是他们为这片土地做出的无数贡献之一。”教授指着医院大门，“所以你觉得那是什么？那仅仅是个医疗机构吗？我倒觉得那是一个广义上的国家安全机构。秦子同学，你不能在一个关乎社会稳定的地方撒野。”

“您别说了，我知道错了，以后再也不这样了。”

“这还不够。以后你再看到有人在医院里闹事，有人对医生出言不逊，甚至动手，你要上前劝阻，要让守护我们的人知道，我们也守护着他们，别让他们心寒。”

这时候，医院大厅里突然传出玻璃碎裂的声音，紧接着就是一阵吼声：“我警告你！你给我开的这药，我吃了必须有用！要是没用，我就砸了你的办公室！你听见没有？！”

秦子转头看向教授。

“跟我来。”说罢，教授脱下风衣，朝医院走去。

上瘾的根源

夕阳斜照进落地窗，师生各自收拾东西准备离开图书馆。荒白教授拿起一摞文献起身，看见秦子坐在不远处，正埋头写着什么。

教授走过去，轻拍秦子的肩膀，说："收拾东西走吧，闭馆了，别给工作人员添麻烦。"秦子点了一下头，也起身开始收拾东西。这时候，教授指着桌面说："你怎么多了一部手机？"

"这是我弟弟的，他最近沉迷手机游戏，期末考试两科不及格。"秦子叹了一口气，"我把他的手机没收了，让他在家好好看书，等我回去以后检查他的学习成果，要还是一塌糊涂，那就不能给他好脸色了。"

教授微耸了一下肩，问："这事你们父母怎么说？"

秦子撇嘴摇头，道：“他们忙，满世界跑，根本顾不了我们，家长的责任就只好由我代为履行了。”

教授笑了，和秦子一前一后走出图书馆。走到门口的台阶上时，教授突然问：“你觉得你弟弟为什么会对游戏上瘾？”

“因为游戏厂商都是浑蛋，这些游戏工程师深谙人性的弱点，专门研究那些能让人上瘾的玩法。”秦子见教授冷眼看着自己，摇着头，一脸否定，于是赶紧抬手补充，“我知道您想说什么，我也玩游戏，但我玩的可是经典单机游戏，大制作，有内涵，和我弟弟玩的手游不是一回事。我更正一下，不是所有的游戏厂商都是浑蛋，那些让人上瘾的手游厂商才是。”

两人在林荫路上并肩走着，过了半分钟，教授转头看向秦子，说：“关于你弟弟玩手游上瘾的事，我倒是有不同观点。”

“您请讲。”

“我想起了一个实验，名叫老鼠乐园。”教授扶了一下眼镜，“这事得从20世纪早期说起。那时候，人们想了解精神类药物是如何劫持并摧毁使用者的，于是就设计了一个实验。研究者把一只小鼠关在笼子里，并给它准备两个水槽，其中一个装普通水，另一个装添加了吗啡的水。没多久，研究者就发现小鼠对吗啡水产生了依赖，欲罢不能，最后身心崩溃。于是很多人就此得出了结论，说这就是药物成瘾带来的毁灭性后果，顺着这个逻辑思考，要想避免现实生活中发生这种悲剧，自然就要管制成瘾性事物的流通。”

秦子一边听一边点头，说：“我觉得没什么问题，既然是能成瘾的东西，那就确实应该管制，所以我把弟弟的手机没收了。”

教授摊手道：“但这事还有后续。20 世纪 70 年代，一位名叫布鲁斯·亚历山大的心理学家对上述成瘾的论述产生了怀疑，因为他发现，小鼠所处的笼子环境单调压抑，除了喝吗啡水，它似乎也没什么别的事可干，而现实中是很少有这种极端情况的。于是，亚历山大重新设计了实验，他照旧给小鼠准备了普通水和吗啡水，但同时还提供了宽敞的活动空间，各种消遣用的玩具，还有其他小鼠同伴，其中包括异性，生活环境完全可以用乐园来形容。实验开始后，对照组的小鼠依然被封闭在单调的笼子里，并很快深陷药瘾，而‘乐园’中的小鼠却对药水没什么兴趣，也没展现明显的成瘾迹象。”

秦子挠了挠头，问：“所以呢？这个实验能说明什么问题？毒品不是成瘾的关键，而环境才是？人又不是老鼠，这么直接地把老鼠的实验结果套在人身上，严谨吗？”

教授说：“当然不严谨。亚历山大的老鼠乐园实验并没有让学界的所有人买账，而后来其他学者对这个实验的重复效果也不那么好。最重要的是，出于伦理的考量，我们不能直接用人来做毒品实验。”

秦子说：“那确实。教授，谢谢您讲了个有趣的故事，但它也就是有趣而已。”

教授说：“虽然我们不能拿活人做毒品实验，但我们可以直接观察社会现实，这一样有助于我们理清问题。比如说，一个经常和老鼠乐园一同被提起的例子是越南战争中的美军。越战时期，很多前线的美军士兵在焦虑和恐惧中深陷毒瘾，难以自拔，以至于引发了美国国内的社会忧虑。”

秦子问：“忧虑什么？这帮吸毒的士兵身在前线，最多会影响战斗力，又不会影响美国国内。”

教授说：“但战争总有结束的时候。你想想看，战争结束后将有大量的瘾君子回国，这些士兵为了毒资完全有可能铤而走险。他们可以熟练地操作各类枪械，而且战斗经验丰富，胆略过人，并掌握着各种侦察、爆破和潜伏技能。”

秦子听完点了点头，说：“那确实值得忧虑……”

教授说：“本来很多人会以为这些吸毒士兵回国就会搞出大麻烦，但事实证明，那些在前线深陷毒瘾的士兵回到亲友身边后，大部分人都摆脱了对毒品的依赖，过上了正常生活。”

秦子一脸疑惑地看向教授，教授点了点头，说：“这些士兵摆脱了苦闷和压抑，回到了温馨而充实的日常生活中，通过其他工作实现了自己的价值，于是毒瘾就消退了。”

秦子沉思了一会儿，说：“教授，我大概能明白您想表达什么，但我弟弟……”

教授抬手打断他的话。“尽管我们离人为何会上瘾这个复杂问题的真相还有些距离，但从一些观察得出的初步结论来看，人们深陷某些事物难以自拔，成瘾事物对神经系统的劫持自然是重要原因，但人们所处环境的影响也是巨大的。有时候，一个人并不是因为对某事成瘾而陷入了麻烦，恰恰相反，他其实是因为深陷苦闷而从成瘾事物中寻找安慰……”

说到这儿，教授把秦子弟弟的手机拿过来，在秦子面前晃了晃，说："要想让一个人的生活回归正轨，限制成瘾事物的流通和扩散当然是必要手段，但那不是答案的全部。让他在现实生活中用其他积极健康的方法实现自我价值并得到慰藉，才是破局的关键……秦子同学，你弟弟平时过得开心吗？"

秦子看着弟弟的手机，叉腰陷入思考。过了一会儿，他开口说："爸妈不在身边，我平时也很少陪他，有时候我看家里的监控，弟弟就那么一个人坐在床边，静静地看着窗外……"

教授微微抬头，说："是的，那些控诉游戏对孩子有害的人，往往忽视了孩子在现实中的困境。很多时候，孩子并不是被游戏的魔力拉进虚无的，而是被苦闷局促的现实生活推进去的。"

秦子低下头，眼圈有些发红。"我大概算不上好哥哥……"

"现在弥补还来得及。"教授把手机还给秦子，另外还有两张门票。

"这是……？"

"迪士尼 VIP（贵宾）门票。和你弟弟去尽兴地玩几天，老鼠乐园人类去不了，'米老鼠乐园'倒是可以去逛逛。这票是之前别人送给我的，现在看来，秦子同学更需要这个。"

秦子扑哧一下笑了。"教授，谢谢您，您给了我机会去做个好哥哥。"

教授也笑了。"你也给了我机会，让我做个好教授。"

老人的价值

荒白教授插着兜从秦子身后走过，见他正在笔记本电脑上打着字，于是瞟了一眼。突然，教授停下脚步，眉头也紧皱起来，伸手指着屏幕说：“遗书？什么意思？你的体检结果有问题还是怎么回事？”

秦子没回头，笑着继续敲键盘。“没有，教授，我只是写着玩儿。现在网上流行这个，好多年轻人写，算是对自己人生的总结，有利于反省自己。”

教授冷哼一声，说：“你现在就总结人生，太早了点儿，等你老了以后再做这事不迟。”

秦子笑出了声。“不，教授，我不想当老人。你看，网上很多人在写遗书的时候都表示自己不想养老，因为不想给别人添麻烦。”

教授听到这儿，双手抱在胸前，斥道：“什么叫添麻烦？秦子同学，你这话说得太凉薄了，老人对社会非常有价值。”

“教授，您说的都是道德层面的泛泛之谈。”秦子转过身，手指着自己，“等我老到生活不能自理，走路都需要人扶的时候，我还有价值吗？”

“不想听泛泛之谈是吧？好。”教授推了一下眼镜，“秦子同学，其实这个世界上本来没有老人。”

“本来没有老人？什么意思？”

教授说：“老人是进化出来的。”

“啊？”

教授微笑着缓缓说道：“几百万年前，东非气候发生巨变，森林退化成了广袤的草原。一些古猿为了适应新的环境，不得不开始直立行走，这就是人类最初通过演化来到这个世界的方式。但这带来了一个问题，那就是如果想要保障直立行走的协调性，那么古人类的骨盆就不能太大，但是如果骨盆缩小，就会有别的麻烦。”

“什么麻烦？”

“人类的生育就会变得危险。因为在进化过程中，人类的脑容量也在不断变大，最后，胎儿的头颅大到几乎无法通过母亲的产道了。”

秦子想了想，说：“好像是啊，人类的分娩过程几乎是所有动物中最困难的……那怎么办呢？”

教授说："人类进化出了一种特殊的方案，叫作生理性早产，意思就是在胎儿还没有长得太大时就提前将其生出来，这样就解决了分娩问题。但是这又引发了后续影响，那就是婴儿因为还没发育充分就被生了出来，以至于连自主移动都做不到，更别说独立活下去了，所以人类婴儿是极端依赖母亲的。"

秦子听到这儿，耸肩摊手，问道："所以呢？这和老人有什么关系？"

教授示意秦子不要打断自己的话。"石器时代的生产力水平极其低下，在险象环生的野外携带并照顾一个哭闹脆弱的婴儿是非常困难的一件事。一个母亲被孩子占据了过多的时间和精力，生存的概率也就大大降低。这看似绝境，但生命总是可以找到出路的，人类当时找到的出路，就是一个新的年龄层——老人。"

秦子有点儿蒙。"您说啥呢？这是什么逻辑？"

教授说："很简单，因为族群中的一些个体，特别是女性，如果寿命足够长，能坚持到自己的孩子也完成生育，那么她就可以帮助自己的女儿照顾自己的孙辈。这样一来，母亲的压力就会得到极大缓解，婴儿的存活率也会极大上升，而外婆长寿的基因也就通过存活下来的女儿和孙辈得到了延续和扩散。当这种长寿基因在物种内达到一定比例后，人类中的年长者就不再是零星个例，而是成为一个年龄层，这就是老人被进化出来的过程。"

秦子捏着下巴点了点头，说："仔细想想似乎有点儿道理。但我是第一次听到这个说法，有证据吗？"

"这叫'外祖母假说'，是一位名叫詹姆斯·奥科纳尔的人类学家提出来的。至于证据，专家们观察到了不少，比如说，通过梳理芬兰教会的人口记录，专家发现，在18世纪，当地妇女年过五十以后，每多存活10年，她的孙辈就能多存活2个。除此之外，人们还找到了一些化石证据。一般来说，一个物种的平均寿命越长，其发育时间就越长，而发育时间越长，该物种的体格就越大。从化石来看，人类体格的进化规律与外祖母假说是契合的，现代人类确实比两百万年前的古人类高大不少。”说到这儿，教授插兜走到秦子面前，低头看着他的眼睛，“从百万年的进化尺度来看，老人其实是人类绝境中的出路，他们不仅没有给族群增加压力，反而还在人类自身矛盾无法调和时产生了至关重要的减压效应。从某种意义来说，老人本身就是人类为了延续和拯救自己而进化出来的，关于这一点既有文献记录又有化石证据，你还觉得是泛泛之谈吗？”

秦子被教授反问到头冒虚汗，于是急忙岔开话题：“所以，您的意思是说，老人的价值在于给儿女看孩子，是这样吗？”

教授说：“不，你把问题想得太简单了。帮忙照看孙辈只是老人的诸多社会价值中的一个，老年个体还有很多其他价值。一般来说，与长寿相伴的是通透。”

秦子问：“通透？这么玄乎的词要怎么理解？”

教授说：“这里的通透指的是对生活中因果关系的洞察，而有些洞察往往只能来自长久的生活经验。我给你举个虎鲸的例子。”

秦子仰靠在椅背上，道：“怎么说起虎鲸来了？”

教授说："因为虎鲸很聪明，它们和人类一样有着丰富的感情和记忆。最重要的是，在虎鲸族群内部，动物学家也观察到了刚才我提到的外祖母效应。"

"那好吧，您请讲。"

教授说："2020 年下半年，直布罗陀海峡附近出现了一个反常现象，那就是虎鲸开始频繁地攻击来往船只。"

秦子诧异地说："虎鲸？不可能吧，虎鲸虽然凶猛，但是几乎从来不攻击人类。"

教授说："是的，因此所有人都感到非常意外，大家想搞清楚是什么激怒了虎鲸，让它们一反常态。尽管这件事目前还没有学界公论，但有一个观点广受认同，即虎鲸之所以和人类翻脸，是因为疫情。"

秦子皱眉咧嘴道："疫情？为什么？我不觉得虎鲸和疫情有关系啊……"

教授说："在直布罗陀地区，长久以来，人类的船只带去了大量的噪声、垃圾和污染，同时还剥夺了虎鲸巨量的食物，这使得虎鲸长久地生存在不安和食物匮乏之中。直到疫情暴发，人类社会一时间手忙脚乱，疲于应付病毒，出海的船只数量骤减，这给虎鲸带来了难能可贵的清静。"

"那虎鲸攻击人类船只的原因是什么？"

教授摊开双手，说："后来疫情缓解后，船只重新多了起来，垃圾、噪声和掠夺又回来了。体会过之前的美好清静的虎鲸发现，只要人类消失，自己就能过上好日子，而人类一回来，痛苦就会重新出现，人类出现和苦难之间有着清晰的充分必要关系。虎鲸作为一种特别聪明且记性好的动物，推理出因果并不难，把火撒到重新出现的人类身上也就不奇怪了。”

“可是，这和寿命有什么关系呢？”

“很简单，生活中的很多道理和规律，其实恰恰是要通过亲身体验境遇的转变并与记忆做对比才能搞明白的。无论是虎鲸还是人类，活得越久，体会过的不同境遇就越多，而体会的境遇越多，就越有可能在对比中弄清生活的真相。这便是通透。”教授看着秦子，“这世界上的很多事就是这样，没经历过就永远不会懂。”

秦子捏着下巴吸了一口气，说：“好像有点儿道理。那老人还有别的价值吗？”

教授说：“太多了。我再说一个，在传统社会中，老人往往肩负着一个重任，那就是指导族群应对危机。一个人能活到老，也就必然是过去危机的幸存者，因此，老人有幸存的经验。接下来这个例子是关于大象的。”

秦子笑道：“大象我知道，记忆力特别好……等会儿，大象也被观察到存在外祖母效应？”

教授点头道：“人类、虎鲸、大象族群都被观察到，这是一个有趣的共性。1993 年，坦桑尼亚塔兰吉雷国家公园遭遇旱灾，研究人员从中发现了一个令他们印象深刻的现象，那就是当干旱来临之际，一个由年长雌象带领的象群果断地离开了常驻地，向一个丰饶但是遥远的新家园迁徙，而另外一个由相对年轻的雌象带领的象群却固执地坚守在国家公园原来的栖息地。后来发生的事情证明，留守是个错误的选择，年轻雌象带领的族群付出了惨痛代价，不少小象死于干旱。”

秦子摊手道：“可是，为什么呢？为什么一个象群选择逃难，而另一个象群选择留守？”

教授说：“领袖的年龄起了很大作用。这两个象群的领袖，年长的 45 岁，年轻的只有 33 岁，从某种意义来说，正是这 12 岁的年龄差导致了生死之别。塔兰吉雷国家公园在 1958—1961 年也发生过类似程度的旱灾，45 岁的象群领袖当时是个‘青少年’，它跟着族群一起迁徙到了远方的新家园，后来得以顺利长大，因此它清晰地记得当年逃荒时的路线和细节。而 33 岁的象群领袖在当年那场旱灾来临时才 1 岁，对那次逃荒的全过程记忆模糊。对于新栖息地的路线、方向、距离等生死攸关的知识，年轻的领袖并没有清晰的印象，这使得 1993 年的旱灾来临时，无知的它选择带领自己的族群留下，最后蒙受惨重的损失。”

秦子说：“教授，咱们说的是老人，您怎么扯到大象去了，这是一回事吗？”

“这当然是一回事。人和大象都属于记忆力特别强的动物，当遭遇危机时，往往是对过去类似事件有经验和记忆的个体能帮助族群渡过难关。”

“人类也是这样？”

“当然，贾雷德·戴蒙德先生就曾经讲了一个例子。1976 年，他受邀前往西南太平洋的伦内尔岛考察，岛上的原住民为他介绍当地各种植物是否可以食用，其中有一类植物被解释为在 hungi kengi 之后才能食用。”

秦子问：“什么叫 hungi kengi ？”

教授说：“戴蒙德先生也不知道，于是就问了当地人。岛民回答说，hungi kengi 其实是伦内尔岛历史上最严重的一次龙卷风，那场发生于 1910 年左右的风灾深刻地改变了当地的环境，灾后岛民为了不被饿死，不得不尝试食用一些过去没吃过的植物。哪些植物有毒不能吃，哪些植物需要处理过再吃，都成为幸存者的记忆。几十年后，当戴蒙德教授考察当地时，还有一位幸存的老婆婆记得当年发生的事。由于岛上没有文字记载，口述又不能完全代替亲身经历，所以当类似的危机再次发生时，这位老人的记忆将成为族群应对危机的关键，即使……”

秦子问：“即使什么？”

教授微笑道：“即使这位老婆婆当时已经像你之前说的那样，老到走路都需要别人搀扶，她的阅历也依然对自己所在的社会是极具价值乃至生死攸关的。”

秦子听得入神，但想了想，旋即又问：“那对咱们这种有文字的民族来说呢？老人的记忆还有价值吗？”

“其实中国历史上大多数时间中的大多数人都是文盲，直到 20 世纪 20 年代，中国的成人文盲率甚至还在 80% 以上。所以，中华文明中有非常多的生存智慧，正是借助见多识广且从危机中幸存的老人一代代传承下来的，这在灾荒时期很常见。从概率上来说，没有老人，就没有今天的我们，就没有人类繁荣的延续。”

秦子想说些什么，但又咽了回去。

教授说："在现代社会，我们或许已经不需要从老人那里继承生存智慧，但是，他们毕竟亲身经历过远超年轻人经验范围的社会变迁，就算不涉及生死，也能给生活带来指导。这些在书本里看不到的阅历才是老人真正留给我们的财富。"

秦子抬头看向教授，笑道："教授，您才三十出头，但是有时却喜欢叫我年轻人，您似乎很喜欢用这种老人的口吻说话。"

教授双手扶着桌沿，说："是的，当我说'年轻人'这三个字的时候，我想表达的并不只是我年龄比你大，还有我经历得比你多。而经历得多有什么好处，往往得等经历得多了以后才能懂，知道了吗，年轻人？"

焦虑的幻觉

“秦子同学，你看上去很焦虑。”荒白教授拿着一本书从沙发后边走过，低头仔细看了看，“这种情况应该持续一段时间了吧？”

秦子正坐在沙发上双手抱着头，听到教授的声音在身后响起，他挺直后背，侧过身问：“您能看出来？我还觉得自己伪装得挺平静呢。”

教授绕到秦子正面，在旁边的沙发坐了下去，看着秦子摇头，说：“就算表情、神态能伪装，内分泌也伪装不了。你后脑勺多了一些白发，年纪轻轻的，为了什么事焦虑成这样？”

秦子双手搓了搓脸，说：“焦虑真的会让人头发变白吗？我还以为那是文学创作里的情节呢。”

教授说："紧张焦虑确实会让头发变白。哈佛大学有一位干细胞再生方面的博士后，名叫张兵，他的研究显示，身体和精神是可以相互反馈的，你头上的白发就是其中之一。"

"您能具体说说吗？"

教授点头道："当然。你的身体里有一套系统，被称为交感神经系统，它可以在人的主观意识之外自动运行，确保呼吸和心跳一类的生理功能不会因为人睡着或失去意识而停止。除此之外，这套系统还负责另外一个事关生死的判断，你知道是什么吗？"

"不知道，是什么？"

"是战逃反应。人类在进化的大部分时间里，都不像今天这样处于食物链的顶端支配着其他物种，人类的祖先在野外寻觅的时候，时常会突然遇到致命危险，比如一头从草丛中蹿出来的狮子。这时候，如果我们还靠理性权衡利弊，认真推导自己接下来要采取的行动，那效率就太低了，等想明白都已经被狮子追上了。所以，身体必须在极短时间内当机立断，做出逃跑或者迎战的选择，人才更有可能存活下去，这种应激行为就是战逃反应，主要和交感神经系统有关。"

秦子脸上的表情依然困惑。"可是教授，您说这个有什么用意呢？现代社会中，人哪儿还遇得到狮子呀？"

教授俯身向前。"狮子是没有了，但是那时狮子带来的紧张和恐惧却没有消散。当一个大麻烦来临时，人依然会像几万年前在草原上遇到狮子时那样陷入应激状态，面临逃避和应对的抉择，而这给人带来的负面影响是很大的。"

“为什么负面影响会很大？人类自古以来就有这种应激反应呀。”

“因为这个反应变得频繁了。在过去，人们并不总是会遇到狮子等危险，偶尔有那么一两次，只要化险为夷，就不会给身体带来什么麻烦。但是在现代生活中，一场难度超高的考试、一场胜算不大的比赛、一次来自上级的严厉的质询或者一场人际关系灾难，都会让人陷入应激状态，而交感神经系统频繁地应对这些刺激，人身上的一系列损伤就随之而来了。”教授说到这儿，突然用手指了指秦子，“你胃疼不疼？”

秦子捂着肚子，说：“疼啊……最近一段时间一直隐隐作痛，我还以为吃了什么不合适的东西。”

教授说：“你应该去检查一下，当交感神经系统在危机来临之际做出逃跑的判断时，身体会自动切换到逃命模式，大量的血液会冲进四肢，确保血氧供应。而如果一个人长期反复处于这种状态下，胃部就会缺血而被胃酸损伤。还有，你长白头发也与此有关。”

秦子摸了一下自己的头发，问：“这又是什么原理？”

教授说：“人的头皮毛囊内有一种细胞，叫作色素干细胞，它对毛发的颜色起着关键作用。当交感神经系统被长久的焦虑过度激活时，它就会释放大量的去甲肾上腺素，间接导致毛囊内色素干细胞的枯竭，最终使得人长出白发。这个影响是不可逆的，白发很难再变回黑发。”

秦子听完长叹一声，歪倒在沙发上，捂住脸不再出声。

教授顿了顿，把书放在面前的茶几上，向秦子靠过去。“年轻人，到底是什么让你这么焦虑？说说看吧。”

缓了好一会儿，秦子才慢慢开口道：“这个月月底，我要参加一场市里的柔道比赛。”

教授摊开双手，问：“所以呢？”

秦子说：“我想拿冠军，但对手非常强，我没什么把握。”

“可我依然没觉得这有什么值得焦虑的，这个冠军拿到了又怎样？拿不到又怎样？”

“当然很重要！我要是拿到了冠军，大家就都会佩服我、喜欢我，觉得我很厉害，将来我要是申报国外的学校，履历也会加分。但要是我输了，大家就会发现我其实没什么实力，虚有其表，没有人会再看得起我！我的人缘会变差，更没机会上国外名校了！”

教授慢慢坐回去，哂笑道：“真是莫名其妙的逻辑。我看你完全是被自己的欲念压垮了，这是一种病态的焦虑。”

“病态在哪儿？”

“你分不清哪些是事实，而哪些是你的想象。普林斯顿大学有一位进化心理学家，名叫罗伯特·赖特，他曾经提到一个给猴子喂果汁的实验。实验人员把甜果汁滴到猴子的舌头上，然后观察发现猴脑中分泌了多巴胺，显然猴子的感受不错。接下来，实验人员多加了一个环节，每次在滴果汁之前都会先将一盏灯点亮。如此反复几次，猴子就明白，只要看到亮灯，嘴里就能尝到甜味。”

“然后呢？这和我有什么关系？”

“后来随着实验的深入，研究人员发现，就使猴脑分泌多巴胺的效果来说，亮灯甚至强于果汁接触舌头本身。这个实验证明，与事实相伴的欲念比事实本身更能影响猴子的心态。其实，在人身上，这个心理现象也是存在的。”说到这儿，教授意味深长地看向秦子，“年轻人，你刚才说如果得了冠军，就会有很多好处，大家会佩服你、欣赏你，你也会有更好的前途；若是没得冠军，大家就会看不起你、疏远你，名校申请也会泡汤。我且问你，你说的这些是真切的事实，还是你自己的想象？”

秦子低头想了一会儿，说：“好像是……我的想象……？”

教授摊开双手，说：“所以，那些都没有发生，也没有任何证据表明那些会发生，对不对？”

秦子点头。

教授说：“你看，让你患得患失的根本就是你的想象。你对事情的欲念太强了，以至于让你迷失在想象中而忘记了事情本身，这种自己吓唬自己而产生的焦虑完全是病态的。弄清楚哪些是事实，哪些是自己的想象，准备充分，实事求是，这才是人摆脱焦虑的第一步。”

教授站起来走到一旁，踩了踩地毯，点头道：“这地毯挺厚，够了。”

秦子感到奇怪。“您在干吗？”

教授朝秦子招手，道：“过来。”

秦子一脸疑惑地走过去，刚和教授近身，秦子就觉得自己夹克的袖子和胸襟被猝然拉紧，刹那间，教授的身影在眼前凭空消失了，自己的胯部也被一只脚蹬住，地毯在眼前飞速旋转并调了个方向。

秦子心里猛然一惊："横巴投！"就在同时，他在空中凌厉地扭转身体，单臂撑地做了一个侧手翻，然后以面朝地毯的跪趴姿势稳稳落地，刚才那一摔的力道被自己下意识地化解了。

等秦子缓过神来，再抬头看，教授已经走到大厅门口，回身点了点头，说："年轻人，不必焦虑，我等你拿冠军的消息。"

说罢，教授的身影消失在室外的阳光里。

成年人的爱好，只能止于爱好？

刚推开办公室的门，秦子就听到房间里传出一段动人的吉他声。他蹑手蹑脚地走过去看，只见荒白教授一个人坐在明亮的落地窗前，抱着吉他独自弹着。

当最后一个音符结束时，秦子不由得鼓起掌来，笑着说：“这首是《千与千寻》的主题曲，叫啥来着？可以啊教授，您都能当吉他演奏家了。”

教授没回头，轻轻放下吉他，看着窗外出神。“我这只是业余爱好的水平，当不了演奏家。”

秦子走到教授身后，伸手指向吉他，问：“教授，您这吉他的琴头上怎么还系了一根红绳？”

教授说：“一个朋友送的，说这红绳系在某物上，就能拴住自己和某物的缘分。”

秦子笑了出来。“缘分？教授，您不是一个唯物主义者吗？怎么也说起缘分了？”

教授站起身，走近落地窗，静静看着外面说：“我并不真信，就是找个心理安慰。”

秦子坐在沙发上，身体前倾，小声说：“教授，您有些难过？”

教授没回头。“谈不上难过，就是有些遗憾……”

“遗憾什么？”

教授对着窗户，揉了揉眉心，说：“我没有在年少的时候遇到吉他，等成年以后再喜欢上弹吉他，就有了一种错过的遗憾。”

秦子耸肩摊手，道：“怎么错过了？您刚才不是弹得挺好的吗？”

教授终于回过头，叹了一口气，说：“你知道人的大脑中有一种叫髓磷脂的东西吗？”

“什么脂？”

“髓磷脂，一种白色脂类物质，它起的作用是包裹神经元的轴突。”

“轴突？就是神经元后边那条长尾巴？为什么要把它包裹起来？”

教授说：“神经冲动的本质其实是电信号，但电信号在传导过程中是很容易损耗和被干扰的。在这种情况下，髓磷脂将轴突包裹起来，就会在其外部形成一个绝缘层，叫作髓鞘，仿佛在金属导线上裹了一层胶皮。这样一来，神经信号在其内部就能传导得又快又稳，而神经支配的动作也就会协调熟练。”

秦子问：“这就是一项技能越练越熟的原因？”

教授说：“是的，无论是艺术还是体育，在日复一日的练习中，相应的神经元不断激发冲动，通过髓鞘构成的稳定的神经通道，促使一个人从入门走向精熟。”

秦子又问：“可是，您到底错过了什么呢？我没听懂。”

教授说：“就算一个人不练习某项技能，这个脑神经髓鞘化的过程也会自动伴随着年龄的增长在脑内扩散，年龄越大，被包裹的神经元就越多。然而，其包裹方式并不能与某项技能的要求契合，虽然也带来了一些其他好处，但却限制了一个人的可塑性。这意味着，要想在某些技能上达到真正的一流境界，就需要从小练起，让技能伴着岁月长到人的灵魂里，而一旦错过这个窗口期，要达到同样的高水平就很难了。”

秦子慢慢站起身，说：“真的吗？我还以为这是过去一些行业里的老前辈耸人听闻呢。”

“很遗憾，在有些领域里是真的。被白色髓磷脂包裹的轴突聚集起来就形成了大脑的白质，你可以将其理解为神经信号传导的电缆束。有研究发现，越早学习乐器的人，其大脑白质就越发达，而青春期以后才开始学习的人，这个现象只出现在前脑，因为那里是大脑最后成熟的区域。”教授低头抿了抿嘴，“我年少时并没有机会接触吉他，而当我爱上吉他并立志成为一名演奏家时，我已经错过了命运的窗口。”

秦子第一次见教授情绪这么低落，一时不知该怎么安慰，他又看了看吉他，说：“所以，您在琴头系一根红绳就是为了提醒自己不忘这个执念？”

教授摇头道：“不，并非如此。我知道自己此生已经没机会成为一名演奏家，也不太可能靠弹吉他吃饭，所以，在余生中，弹吉他就只能是我的爱好了。”

秦子说：“可这也挺好的，不是吗？”

“好是好，但生活是复杂沉重的，对大多数人来说，爱好最终都要为现实让路。”教授苦笑，“技艺有时候就像恋人，你和它见面、相识、热恋、相守、离别，它照亮你生命中的一个个阶段，却往往无法陪你走到人生的终点。有人爱唱歌，但得了慢性咽炎；有人爱书法，帕金森病却找上门来；有人爱探险，但不舍家里刚出生的老三；有人爱吉他，但工作和研究却压得人喘不过气……人们就这样，迫于生活和意外，与自己挚爱的技艺渐行渐远，最终彼此相忘，缘分尽了……”

教授用手指轻轻拂过琴头的红绳，说：“年轻人，我之前看过一段话，说父母在人生中的某一天会最后一次把你抱起来，之后的岁月中，他们再也不会做这样的事，只不过当时无论是你还是父母都没有意识到那是最后一次……也许有一天，我也会弹出最后一段和弦，然后竭尽全力去招架生活，直到很多年后，甚至在弥留之际才意识到，原来那是人生中的最后一次……”

教授的办公室中，动人的吉他声再次流淌，路过的师生一听就会知道，那是《千与千寻》的主题曲，曲名叫作“Always With Me”（《永远同在》）。

所谓“文笔”

“醒醒，别在这儿睡，会感冒的。”荒白教授推了推歪在沙发上的秦子。

秦子激灵了一下，睡眼惺忪地起身，向四周看了看，问：“教授，现在几点了？”

“下午五点了。我记得你中午就来这咖啡厅说要写学期作文，这个下午总共写了……”教授弯腰，凑近秦子的笔记本电脑屏幕看了看，“总共写了五行，一个小时写一行字，效率可以说非常高了。”

秦子笑了，低头揉脸说：“教授，我之前写的几版稿都废了，我不知道怎么写。”

教授问：“你觉得难在哪儿？”

秦子说："无聊。我写的稿子都特别无聊，我自己都读不下去，更别说交给语文老师了。到底怎么才能把文章写得生动呢？"

教授说："给我看看你的废稿。"

秦子把废稿调了出来，教授斜坐在秦子旁边的沙发扶手上，捧着笔记本电脑看了起来。过了一会儿，秦子在旁边问："怎么样？是不是特别无趣？"

教授点头道："确实有点儿……"

秦子抱头趴在桌子上。"我就说嘛！可能我根本没有写作的天赋！"

教授把电脑放回桌面。"不，这只是一个技术层面的问题，不要上纲上线。你之前的文章之所以无趣，一个重要原因在于观点太多，事实太少，你没有意识到人类语言本身的局限性。"

秦子歪头看着教授。"我作文写得差劲，还能甩锅给人类语言的局限性？什么局限性？您说说看。"

教授说："人类的语义是离散的，而现实却是连续的，这使得形容词和副词有很大的主观性。"

秦子挺直后背，摇头道："我不明白您的意思。"

教授打开秦子电脑里的 Photoshop（图像处理软件），调出一个黑白渐变示意图，指着屏幕说："你看，在黑白两极之间是灰色，但灰色是一个宽泛的概念，其内部可以做无数细分。人类的自然语言在形容灰色时，副词和形容词的组合是有限的，这造成的结果就是人们会用离散的语义去概括和对应连续的现实。另外，人们对离散语义的认识也是由自身的文化习惯和生活经历决定的，每个人都不同，所以，即使是字面上相同的词语在任意两人眼中也不会产生严丝合缝的共识。”

秦子看了看屏幕，又看了看教授。“教授，您说得太抽象了，我没听懂您的意思。”

教授说：“我来举个例子。秦子同学，现在请你在这个渐变图中指出稍微有点儿灰的位置。”

秦子看了看屏幕，用鼠标点选了一个位置。

教授问：“请问你为什么指这个点，而不是偏右 5 个像素的另外那个点？那个点为什么就不能是稍微有点儿灰呢？”

秦子愣住了，想了想说：“不为什么呀，我指那个点也行啊，但我要是指了那个点，您就会问我为什么不指现在这个，不是吗？”

教授点头道：“你说得很对。在人类语言中，‘灰’是一个形容词，‘稍微’是个副词，它们的词义边界都是模糊的，无法产生共识。这使得你心中的‘稍微有点儿灰’和我心中的‘稍微有点儿灰’并不是一种灰色，而是掺有各自的主观性。在一个黑白构成的简单问题上，语言的局限性都这么大，遑论复杂多变的现实生活。这世界上除了黑白还有明暗，还有冷热、大小、软硬、甜苦，乃至有更加抽象复杂的对错、美丑、正邪和曲直。如果你在写作时过于依赖形容词和副词，那么文章里实际上就充斥着你的主观判断，属于自说自话，这是很难打动别人的。这就是你的文章无趣的原因。”

秦子挠了挠下巴，问：“那我应该怎么写呢？不用副词和形容词？”

教授说：“不是完全不用，而是要克制。当你写作时，你要忘记自己是个写作的人，而要把自己代入一个摄影师的角色。”

秦子问：“摄影师？什么意思？”

教授说：“你在写文章时，要想象自己手中仿佛端着一个镜头，尽量多写自己能看到的情景和事实，少写抽象的观点和感受，用客观现象去引导读者得出你想要的结论。这样一来，文章就有说服力多了，因为观点和感受不是你强行灌输给读者的，而是你引导他们自己得出的，而每个人都会对自己得出的结论深信不疑。”

“可……可我还是不明白。”

“很简单，我给你举几个例子。”教授捏了捏下巴，“比如说，你在之前的文章里提到了一个美丽的姑娘，但你只是写这个姑娘非常美丽，对不对？这就是一个副词和形容词的组合，无趣，而且不生动。你可以写‘这个姑娘走过楼道时，旁边所有的男士见了她都不由自主地收起肚子’，男人迫切地想在这位姑娘面前掩饰缺点、展现魅力的神态会让读者领略到这个姑娘的美貌。这样一来就生动了。”

秦子笑道：“这么写确实更有意思了。”

“我再举个例子。比如说，你想写张三特别自私，你不能单纯地写张三是个自私的人，这依然是在依赖形容词。你应该写一个场景，让读者自己得出张三自私的结论，比如说，你可以写‘张三是那种会在 ICU（重症加强护理病房）里拔掉其他病人呼吸机的插头，然后用插座给自己的手机充电的人’，这样一个自私鬼的形象不就跃然眼前了？”

秦子笑得拍桌子。“我也来一段！现在我要写张三是个不讲卫生的人，我就说‘张三是那种袜子脱下来能立在地上不倒的人’。”

教授也笑道：“还有，张三做课间操的时候，只要起风，站在他下风处的同学们就忍不住干呕。”

秦子笑得更大声，刚要继续发挥，旁边过来一位女服务员，忍着恶心说：“你俩，出去！”

师生二人见状，只好臊眉耷眼地离开了咖啡厅。教授摊手道：“这至少证明刚才的写作方式是可行的。描述一个不讲卫生的人，把旁听的服务员都恶心坏了，这不正说明效果好吗？”

秦子笑道：“教授，我已经学会了，掌握了这招，我绝对能成为一个好作家。”

教授耸了耸肩说：“秦子同学，不要小看作家这个身份，你刚才掌握的只不过是个写作的技巧，要真正成为作家，你还缺少重要的东西。”

“缺少什么？”

“你还缺少对生活的感受。比如，刚才咱们提到的那个在女性面前收肚子的例子，一年级的小朋友是写不出来的，并不是他们的智商不够，而是因为小朋友在生活中对这样的心态还没有体会和理解。一个人很难生动地描述自己认知之外的行为，人物在某个场合、某种情绪之下的真实状态是怎样的，需要长久地观察生活才能有沉淀和理解，而这需要时间。可以说，你的生活经验越丰富，你就越能在写作时摆脱对形容词和副词的依赖，塑造真实可信的画面。”

秦子仔细想了想说：“您说的是啊，后来张三那个例子，我们给出的描述虽然很形象，但其实仔细想来，有一种脱离生活实际的感觉，仿佛是段子，透着用力过猛的勉强。”

“是的，生动但不鲜活。”教授看着自己的学生，“你很有天赋，刚学到一种写作技巧就能举一反三。但要成为真正一流的作家，除了努力练习，你还差着两个本命年。”

“需要那么久吗？”

教授点头道：“生活是最好的写作老师，但它却只收取岁月作为学费。”

“社恐”未必是坏事

秦子一手捂在自己脸上，长叹一声。桌对面的荒白教授拿着筷子、端着碗，一脸莫名其妙地问：“秦子同学，你怎么了？”

秦子弯腰低头，用筷子悄悄指着斜对面不远处的一位男同学，说：“教授，那是我哥们儿，他想请一个女生吃饭，但又不敢，非让我暗中陪着。女生都来了，他愣是不敢和对方说话，光顾着低头看手机，真是㞞到家了，看得我好着急。他‘社恐’到晚期了。”

教授问：“‘社恐’？”

秦子说：“嗯，也就是社交恐惧症。我哥们儿和我说，那种感觉就是越来越不想和人交流，特别是陌生人，一想到要和陌生人说话，心里就感到厌烦、害怕和抗拒，觉得自己一个人待着挺好。”

教授也回头看了看。“他这种情况最近几年在世界各国扩散得非常快，主要原因是长期使用手机导致社交能力下降。过去在电视时代就已经有学者观察到这种现象了，现在智能手机普及后，人缺乏面对面的相处，社交能力退步得更剧烈，也更持久。我还见过两个年轻人在相亲时不敢说话，只能面对面地发信息，简直荒唐……”教授重新端起碗筷吃了起来，“不过，这并不是社交恐惧症。”

“不是社交恐惧症？”

教授摇头道：“不是。社交恐惧症是一种心理学层面的严肃病症。当今网络语境中的‘社恐’只不过是社交技能退步造成的临时障碍，这是一种调侃，多和其他人在生活中相处，练练就好了。”

秦子也端起碗，说：“教授，您说为什么不锻炼社交技能就会退步成‘社恐’呢？我是说网络语境中的这种害怕和陌生人接触的状态。”

教授一边夹菜一边说：“因为陌生人确实可怕。”

秦子愣住了。

教授说：“在人类历史的绝大多数时间里，对陌生人的恐惧和疏远一直以来都是十分必要的。”

“我不明白您的意思。”

教授没抬头，继续说：“黑猩猩是自然界中和人类亲缘关系最近的物种，也是人类学的研究对象。珍·古道尔曾经在黑猩猩社会中观察到震惊学界的现象，具体来说是这样的：当一群雄性黑猩猩在巡逻期间遇到其他族群的落单雄性时，它们会立即凭借数量优势对其围杀，其中两只会按住目标的双臂，另外几只则会扑上去咬掉目标的脚趾和生殖器，掐断其气管，乃至将其开膛破肚。这个巡逻并围杀的行动将在两个族群中不断地上演，直到其中一个族群的所有雄性被敌对阵营杀光。”

秦子夹菜的手停在半空。“这不是种族灭绝吗？”

教授点头道：“你用词非常准确，确实如此。但事实上，人类社会中也存在类似的逻辑。贾雷德·戴蒙德教授在新几内亚岛做过多年的野外考察，他说在当地的雨林中，暴力和恐惧无处不在，部落之间的仇杀绵延不绝，当地的每个人都活得心惊胆战。在离开部落核心区域后，遇到陌生人是一件非常需要警惕的事。如果你一个人行动，看到远方树林里走来两个陌生人，那你最好绕路；如果你这边有三个人，那对面的两位也会知趣地绕开。在一个民风野蛮、文明未开化的地方，和陌生人点头问好属于不知轻重的行为，可能危及性命。之所以会是这样，并不在于新几内亚原住民格外地残忍暴力，而是因为当地被澳大利亚政府接管以前，一直没有哪股权威力量能够站出来维持秩序，以中断仇杀循环。暴力只要不被垄断，就会四处蔓延，世界各地皆是如此。”

秦子皱眉问道：“世界各地都是如此？”

教授说：“都这样，人性是相似的。比如 1991 年，在欧洲的阿尔卑斯山一带，登山者发现了一具距今 5 000 多年的尸体，名叫奥茨。经查，奥茨是被杀害的，他身上有多处未愈创伤，肩部插着箭头，而他所使用的箭头上发现了两人的血迹，匕首上有第三人的血迹，斗篷上还有第四人的。据推测，奥茨应该是先射杀了一个人，然后从尸体上拔出箭头，再射杀了另外一人，并且在背着同伙逃命时被一箭射倒，尸体就此被冰封数千年。奥茨的遭遇只不过是人类历史中暴力常态的一个缩影。”

秦子问：“欧洲面积小，人地关系紧张，北美洲能好点儿吧？”

教授摇头道：“在北美洲因纽特人的社会中，一个部落会在敌对阵营的男性出门打猎时发动偷袭，杀光对面留守的妇女儿童，而当归来的猎人们见到自己妻儿腐烂的尸体后，他们发誓复仇，并最终找到机会偷袭凶手所在的部落，同样杀光那里留守的妇孺。在南美洲，亚诺玛米人会在俘虏大量的妇女儿童后杀掉孩子，而在当地社会中，一个男人手上的人命越多，就越被异性青睐，并且能生下更多的后代。”

秦子说：“雨林和冰原的环境恶劣，资源紧张，人们之间发生冲突也可以理解，也许环境丰饶的地方可能好点儿？”

教授还是摇头说：“在大洋洲，一位战败酋长的脑袋会被挂起来示众，而该部落还会遭到敌对阵营的毛利武士的嘲讽。至于非洲，布须曼人社会的凶杀率甚至比美国最臭名昭著的犯罪之城还要高 1/3。但即便如此，布须曼人也已经能被称呼为毫无恶意的人了，估计是被他们的对头班图人衬托的。”

秦子把碗筷放下，问：“那亚洲呢？”

教授也放下碗筷，看着秦子说：“石峁遗址建立在累累人头之上；陶寺遗址发掘出人头坑；马家浜文化常用人头陪葬；至于良渚文化，有的水器则是直接用人的颅骨做的。”

秦子用手指敲着桌子，说：“您这都是孤例，确实挺瘆人的，但要想说明问题，至少得拿出统计数据吧？”

教授说：“你说得对。事实上，我们如果把上述所有残暴行为的数据汇总，就会在统计上看出明显趋势，欧亚非大陆的Y染色体多样性曾经在新石器时代剧烈降低。主流观点认为，造成这一结果的原因是广泛的杀戮与征服，在此起彼伏的战士怒吼声和求饶声中，大多数男性丧命或者失去了繁衍后代的机会，于是，旧大陆泛滥的暴力得以在人群染色体的统计中体现。而学者对哥伦布到达之前的美洲社会做了统计研究并发现，在印第安人社会中，暴力同样肆意横行，有些地区的战争死亡比甚至高达匪夷所思的60%。”

“如此说来，现代社会其实是在强迫人们硬着头皮和陌生人生活在一起？难怪畏惧陌生人会是一种默认状态。”秦子叹了一口气，低头想了一会儿，又抬眼看向教授，“可这一切到底是怎么转变的呢？为什么现在大家能和谐地生活在一起？”

教授说：“这一切是从史前城墙拐出直角后开始转变的。”

“听不懂，啥意思？”

教授说：“河南淮阳平粮台遗址，大约建造于4 600年前，是一座新石器时代晚期的城市。如果从天空俯瞰，整个平粮台遗址的夯土城墙走势笔直，拐弯处呈直角，让整个市区接近矩形，这显然不可能是人口自然聚集形成的格局，而是由行政力量自上而下规划的。这意味着在当时的平粮台，有人建立了政权，可以让人们按照他的意愿行事，而一旦有人成为当政者，其首要目标就是维持秩序。一个牧马人是绝对不能容忍自己的马互相打架的，因为马在争斗中产生的任何死伤都将使牧马人蒙受损失。正所谓国家建立于对暴力的垄断，掌握最高暴力的执政者将出面提供仲裁以维持纪律，擅自使用暴力不仅是对受害者的侵犯，也是对国家主宰者的侵犯。比如，在历史上的英国，一个人在杀人后将被以英国国王的名义起诉，而在一些非君主制国家，杀人者会被以人民的名义起诉。”

秦子说：“所以，您的意思是，国家政权的出现压制了人际频发的暴力？”

教授点头道：“正如我刚才说的，斯蒂芬·平克教授在《人性中的善良天使》中用大量的事实和数据证明，自国家政权建立后，人类社会中的暴力持续减少。虽然这是一个缓慢而渐进的过程，但积累的效果惊人，有些地方的凶杀率甚至下降到近乎原来的百分之一，可见国家力量给安全和秩序带来了根本性的保障。这个规律在人类社会中得到了跨文化的证实，新几内亚的原住民就曾经感慨，澳大利亚政府来管理后，他们的生活好多了，再也不用担心早上出门时被人杀掉了。”

秦子问：“可是，您说的这些和‘社恐’又有什么关系呢？”

教授说：“这种国家力量和安全秩序之间的因果关系也在中国得到了印证。抛开宏大的历史，光是从每个人切身的感知出发，我们也能体会到这种变化。随着国家力量对社会秩序的把控加深，大数据和各种刑侦技术各显其能，近年来，暴力犯罪已经被极大抑制，尽管我们还能从社会新闻上看到一些骇人听闻的案件，但从宏观数据来看，当下的中国已经成为世界上最安全的国家之一。”

秦子点头。

教授指向餐厅天花板的一角。“那是什么？”

秦子说：“监控摄像头。”

教授说：“是，但不仅仅是监控摄像头。从广义来说，监控摄像头其实还是个象征，它代表着新技术水平下国家力量对安全秩序的深度介入，正是这一切提供的安定才让越来越多的人注意到了‘社恐’的麻烦。因为社交恐惧本是一个中性概念，只有当一个人身处非常安全的环境，社恐限制了他的发展，让他不能发展人脉、错失机遇时，社恐才会被调侃为一种病症。但在一个随时可能被人侵犯甚至杀害的环境中，社恐则是一种理所当然，是一种明智且必要的心态。如果不是祖先习惯性地保持对陌生人的警惕和恐惧，今天咱俩未必有机会坐在这儿吃饭。”

秦子下意识地抬起头，看向餐厅天花板的一角，4 600 多年前让平粮台遗址城墙拐出直角的力量正默默地注视着其治下的“社恐患者”们，沉默而威严。

我们追寻的彼岸

认知思辨篇

肆

我们为什么一定要读书?

“教授，读书真的有意义吗？”秦子背着一个登山包，在山路上满头大汗地走着，紧接着又抱怨，“这山里的人，之前世世代代也没读书，不照样过日子？我觉得送书给他们，纯粹是咱们这些志愿者自我感动……”

荒白教授听到了秦子在身后的嘀咕，没说话。他戴着遮阳帽，肩上也背着一个大包，眼下这段山路陡峭，车开不上来，只能靠人力把书送到山顶的村子里。两人又走了几十米，教授开口了：“秦子同学，读书很有意义，而其中一个意义就在于文字能给人根本性的指向。”

秦子虽年轻，但体力远不及教授。他把遮阳帽摘下来扇了扇风，咧嘴道：“您说说，啥叫根本性的指向？”

教授继续走着。“美国有个哲学家叫丹尼尔·丹尼特，他讲过一个有趣的故事。在某个地方的监狱里，有一个性情古怪的狱卒，他特别喜欢捉弄犯人。每当深夜大家都睡着之际，这个狱卒就会把每个人的牢门偷偷打开，然后在犯人们睡醒之前，又把牢门锁上，以故意制造一种犯人本来可以得到自由，但却愚蠢地睡着了，所以依然被关在这儿的遗憾，进而让犯人们被懊悔折磨。”

秦子把帽子戴上，撇嘴道：“啧，这个狱卒好古怪。不过，这些犯人在事后知情的话，肯定会懊悔的吧？”

教授笑道：“然而，丹尼特认为犯人们不该懊悔，我也同意。”

“为什么？”

“因为当犯人们睡着的时候，他们对牢门被打开这个事实一无所知，所以他们并没有被置于那种可以获得自由的因果背景之中，对他们的感知来说，‘因’是不存在的，自然就不需要为错误的‘果’而悔恨。”教授用手指点了点自己的太阳穴，“反过来讲，一个人要想做出明智的选择，就要让自己置于清晰的因果背景之中，明确地了解自己的行为会在当下指向怎样的结果。但事实上，一个人在很多种情况下会被排除在因果背景之外，进而犯蠢……”

秦子凑近了问：“什么情况下，人会被排除在因果背景之外？”

教授说：“这个人可能因为睡着或晕倒而无法感知外界，也可能因为被人蒙蔽、误导而失去判断依据，还有一种很常见的情况，那就是他不阅读，难以理解抽象概念，更无法以抽象概念为基础进行推理。对这些人来说，因果背景同样消失了。”

秦子耸肩摊手，问道："为什么？为什么不阅读的话，因果背景就消失了？"

教授说："这是一个很有意思的人类学现象。有个苏联学者名叫亚历山大·罗曼诺维奇·鲁利亚，1931年，他在考察过程中和一位不识字的农民有过一段对话，是关于熊的。"

"嗯，您接着说。"

"鲁利亚问这位农民，在遥远且下雪的北方，所有的熊都是白色的，新地岛位于遥远的北方并总是下雪，所以那里的熊是什么颜色的？"

秦子说："白色的呗。"

教授说："然而，那位农民却说他不知道。"

秦子笑了。"怎么会不知道呢？前提都这么清楚了！"

教授抬手打断秦子的话，示意他等自己说完。"鲁利亚又把刚才的信息重复了一遍，并再次询问新地岛的熊是什么颜色的，农民依然说他不知道，并且表示他见过黑色的熊，可没见过其他颜色的，每个地方都有当地的动物，如果那里的熊是白色的，那就是白色的，如果是黄色的，那就是黄色的。当鲁利亚最后一次询问这位农民，新地岛的熊是什么颜色的时候，这位农民终于说出了意味深长的一句话。他说他们只聊见过的东西，不聊没见过的东西。"

教授转头看着秦子，说："事实上，这位不识字的农民直白地说出了自己的思维习惯，那就是他们往往只谈论自己感官范围之内的事物，而不习惯靠看不见、摸不着的抽象概念进行推理，这种思维习惯恰恰是单纯地使用口语却不阅读造成的。”

秦子快速走了两步，挡在教授前边，问：“为什么？为什么单纯地使用口语就会让人难以理解抽象概念？”

教授绕开秦子，继续往山上走。“因为人的大脑是非常耗能的，所以它倾向于用省力的方式运转。口语的本质是空气震动，转瞬即逝，无法留存，这使得它描述的东西最好是即时的，最好是人的感官能马上接触的事实，如此，即时的表达才能附着在即时的感受之上，手段和目的才匹配。若想通过口语描述看不见、摸不着的复杂抽象概念，人就需要记忆并演绎那些内容，而这是很消耗脑力的，人类不习惯这么做。”

秦子赶紧跟了上来。“我还是不明白您的意思……”

教授突然发问：“577 乘以 356 等于多少？别用计算器，马上口算告诉我结果。”

秦子满头是汗，结巴起来。“这……这……我……”

教授笑了。“算不出来吧？要想口算得出结果，你就需要记住很多位数字，并对其进行运算才行。但现在如果你找张纸，用笔列出竖式来一步一步地算，最后得出结果就不难，因为你用符号联想代替了凭空记忆，这样理解复杂问题的难度就大大降低了。”

秦子想了想，承认道：“还真是！”

教授说：“阿拉伯数字是一套符号联想系统，文字也是一套符号联想系统，人们在使用这些系统时，能释放大脑的内存，那些看不见、摸不着的复杂抽象概念就可以被更好地理解。”

“您能举几个例子吗？”

“当然可以。”教授一边走，一边指着山路上的风景说，“你看，我可以指着一棵树说这是一棵树，指着一块石头说这是一块石头，但我要指着什么东西说这是社会主义呢？我又该指着什么东西说这是新民主主义革命？”

秦子捏着下巴想了想，说：“是啊……这些都是抽象概念，既看不见又摸不着，没法儿指给人看。”

教授说：“你说到点子上了。一个人要想理解这些抽象概念，往往需要从很多事情和现象中去提取共性，然后总结和感受，这样才能理解它们。但是承载这些抽象概念的事情和现象，往往都在人的感官范围以外，它们有些发生在历史中，有些发生在世界的另一边，要单纯地靠看得见、摸得着的东西去理解这些复杂而庞大的抽象概念，并非绝无可能，但很难。”

“但我们可以靠读书来理解这些概念，对不对？”

教授点头，说：“嗯。当我们阅读时，那些宏大的、抽象的、无法被我们用五官感知的概念才逐渐在头脑中清晰起来，大到社会主义、改革开放、市场经济、一国两制，小到公司评优、社区精神、节日促销、春节档期，这些概念一直无形地存在于我们身边，影响甚至支配着我们的日常生活。我们如果不阅读，对这些背景音乐似的抽象概念就会认识不足，甚至完全意识不到其存在，自然也就无法将自己置于种种因果背景之中。在这种情况下，人要想做出明智的选择就很难了。”

此时，山顶的村庄已经在视野内逐渐变得清晰，村民在村口朝两人使劲招手。

教授一边冲村民们挥手，一边对秦子说："在中国革命的早期，宣传人员发现了一个现象，那就是由于当时没有普及教育，农民的文盲率非常高，十个人里有九个不能读报。而文盲的一个常见特点就在于只着眼于眼前的实际利益，按照直接经验办事，但实际情况往往是很复杂的，局部最优解未必是全局最优解，长远目标与短期利益在方向上可能并不一致，甚至完全相反。如果在山林中没有根本性的指向，而是一味地选择好走的路，那就很有可能在幽暗中久久徘徊。"

秦子也朝村民们挥起手来。"我明白了，将人置于抽象的因果背景之中，并给予大尺度根本性的指向，这就是读书的意义之一。"

当师生两人把背包卸在村口，和村支书紧紧握手时，村里的一个小姑娘走过来问："你们离开的时候，能找到走出大山的方向吗？"

"我们能找到啊。"秦子蹲下，从包里拿出一本书递到小姑娘手里，笑道，"只要好好读书，将来你也一定能找到。"

关于“进步”的迷信

空旷的体育馆里传来时断时续的砰砰声。

“秦子同学，你怎么还没走？”荒白教授走到秦子身后问道。

秦子转过头，气喘吁吁地回答：“我想多练一会儿，打会儿沙袋，今天要打够 1 000 拳再走。”

教授走过去看了看秦子流血的拳峰，摇头道：“打沙袋？我看是沙袋在打你，空手道不是这么练的。”

“那您说该怎么练？”

教授紧了紧腰间的黑带，退后了两步，冲秦子招了一下手，说：“来。”说罢，眼神凛冽地摆出了实战式。

秦子愣了一下，咽了口唾沫，向教授行了个礼，也摆出实战的架势，朝教授慢慢走近。

在压抑的呼吸声中，两人越来越近，最后指尖轻轻触碰在一起。秦子突然发力，一记左平勾掏向教授胸口，心里却猛然一惊："触感不对！"霎时白光一闪，秦子觉得迎面吹来一股风，再睁眼看，教授的腿已经停在自己脖子上。

"这一腿要是不收力，明天的早课您也就看不见我了。"秦子沮丧地坐在地上，"看来我真的不适合练空手道。"

教授收腿站好。"你说什么？"

"我说我不适合练空手道！"秦子有些恼怒，说完不再看教授。

"秦子同学，你说了一句蠢话。"

"蠢在哪儿了？您看我多下了多少功夫？吃了多少苦？我连校赛的第一轮都过不了！我没这个天赋！"秦子委屈地举起伤口绽裂的双手给教授看。

"你蠢就蠢在迷信，就好像斯金纳的鸽子。"

"什么的鸽子？"

"斯金纳的鸽子。斯金纳是一代心理学大师，他在 1948 年发表了一篇广受关注的论文，解释鸽子是如何在实验环境下变得迷信的。"教授戴上眼镜，接着说，"具体来说是这样的：斯金纳将 8 只鸽子分别置于彼此独立的 8 个箱子内，箱内设有机关，每隔 15 秒就会有食物落下。几天之后，两个独立的观察者分别记录了这 8 只鸽子的行为。观察者们发现，这 8 只鸽子中有 6 只都在行为上出现了明显的变化，有的鸽子会刻意地逆时针转圈，而有的鸽子则会反复地用头部撞击箱子的某个角落，这些行为都是之前未曾观察到的。”

秦子不耐烦地说：“鸽子吃饲料和我练空手道有什么关系？”

教授说：“你知道鸽子为什么会不停地重复奇怪的行为吗？斯金纳认为，那是因为鸽子变得迷信了。鸽子们认为一定是自己做了某个动作才导致饲料出现的，如果想让饲料再次出现，自己就要重复之前求食物的特定动作才行。像鸽子这样在时间上仅仅有先后顺序的两件事之间强行建立因果关系，就是迷信的本质。”

秦子慢慢站起身来，疑惑地看着教授。

“这个世界上并不是只有鸽子会迷信，人也会。从梯子底下走过就会倒霉，打碎镜子就会有血光之灾，拜某座神像就能怀孕，转发锦鲤的照片就能心想事成，这些都是迷信。但还有一种迷信在这片土地上四处弥漫，危害甚广，可绝大多数人都意识不到它的存在。”

秦子问：“什么迷信？”

教授冷淡地说：“很多人认为，只要在学习的过程中承受痛苦，就能取得进步。然而，这根本就是彻头彻尾的迷信，这是在痛苦和进步之间强行建立因果关系，其实这种关系根本不存在。”

“可是超凡的技艺难道不是苦练的结果吗？这是常识啊！”秦子迫不及待地反驳起来。

“话是不错，但你理解反了。取得进步的过程中确实有很大可能承受痛苦，但承受痛苦并不一定会带来进步，承受痛苦和煎熬并不是进步的真正原因。”

“那什么才是进步的原因？”

“科学正确的训练才是。”

教授慢慢走到秦子身边。“用两位美国心理学家安德斯·艾利克森和罗伯特·普尔的话说，如果你真的想在某个领域里取得进步，你就需要做到三个F。”教授竖起三根手指。

“三个F？”

“所谓三个F，就是focus（专注）、feedback（反馈）、fix it（修正）。概括来说，3F就是一种刻意为之的练习，这样做是取得进步的一种有效手段。”教授指着秦子说道，“像‘我没有这方面的天赋’‘我不适合干这个’‘我天生就不是这块儿料’，这都属于概而括之、大而化之的蠢话，只会打击人的信心，对你一点儿实际帮助都没有。要想真的提高水平，你就需要在练习中解决一个个具体切实的小问题，不断地‘积跬步为千里’，‘积小胜为大胜’，才能最终脱胎换骨。只要有科学正确的训练，凡人就也能成为大师。”

秦子一脸不解地问：“那我具体应该怎么做呢？”

教授说：“第一条，集中注意力。你先把你的耳机摘了，练习时要心无旁骛、高度集中，而且训练时间不宜太长，否则注意力一下降就谈不上什么训练效果了。”

秦子赶紧把耳机摘了。

“第二条，反馈。所谓反馈，就是你每做一次动作，都要知道你做得正确与否。你现在最大的问题在于你的拳法，你的拳头虽然力量十足，但落点不准，勾拳打在对方胸口根本没用，你要打这儿……”教授用手指点了点秦子的身侧，“你要用拳峰对准对方的这根肋骨，这根骨头很脆弱，容易折断，而且挨着肝脏，不管对方多么强壮，被拳法震荡肝脏都只有满地打滚的份儿。现在你做进攻方，我给你反馈。”

秦子于是贴上去，用勾拳打向教授的肝脏部位。

“落点不准……再来……

“步伐没跟上……再来……

“别光用胳膊的力量，转腰……再来……

“很好，这下对了。记住这种感觉，争取在下一次重现。很好，再来……”

半个小时后，秦子累得满头大汗，气喘吁吁。教授也微微出汗，说：“很好，你的注意力一直很集中，之前的毛病也改了不少，现在已经能连续打出10次正确的勾拳了，说明技术在渐渐稳定，这就是第三个F——修正要达到的目的。今天就先到这儿，离比赛还有一个月，咱们每天都来练。”

秦子累得直晃悠。“教授，您确定这么练真的有用吗？”

教授一边解开黑带一边往外走。“1968年，美军飞行员在越战中吃了亏，一度被打出1∶1的战损比，也就是说每击落对方一架战机，自己也要损失一架。这个成本是美军难以承受的，所以美军开展了王牌飞行员学校计划。”

秦子跟在后面一边走一边调侃：“嚯，您又说到越战了。

然后呢？”

“然后美军组织了最好的飞行员做教官，让学员不断地模拟空战，并且把演习过程记录下来。学员落地以后，立刻开展作战报告会，教官会对之前的演习进行批评总结，然后学员们带着这次教训再进行下次空战。就这样不停地反馈、修正、反馈、修正，等双方于 1970 年再次交手时，你猜战损比达到了多少？”

“大概 2∶1……？”

“按美国人自己的说法，特训后，他们平均每损失 1 架战机，就能击落敌方 12.5 架战机。美国人说不定在吹牛，但受过特殊训练的那部分飞行员在战绩上大大提升却是真的，其他没接受同样训练的美军飞行员的战绩依然很糟。这就是刻意训练的结果。只要有大量科学的训练，就能够诞生高手，不仅是驾驶战斗机和空手道，各行各业都是如此。”

秦子怀疑地问：“真……真的吗？”

教授停住脚步，转过头看向秦子。“年轻人，我知道你想说什么。你或许想说，这世界上有些人生来就有缺陷，也许他们天生不能辨别颜色，也许他们天生无法听准声音，这确实会对他们进入美术和音乐等领域带来麻烦。但那毕竟是极少数，是特例。这个世界上绝大多数声称自己不适合做某事的人其实根本就是在自我矮化。”

教授语重心长地补充道：“他们没有取得进步是因为他们没有以正确的方式练习，他们无法坚持下去是因为他们迷信地认为只要承受痛苦就能取得进步，可当承受了痛苦却没有迎来进步时，他们又觉得是命运欺骗了他们，于是开始自暴自弃。”

教授转过身来，神色凛然。“你要记住，就算你是特例，你生来就具有某些缺陷，也不意味着你无法成为高手。人的命运是二级混沌系统，这意味着你对它的态度会反馈回它本身，一个人对自己命运的预期最后往往都会成真，所以你绝不能对自己有任何怀疑，那会毁了你自己。”教授拿出手机递给秦子看。

屏幕上是两张照片，照片上，一个没有四肢的年轻人在和另一个人摔跤。

秦子一脸震惊地问：“这人是谁？”

“他叫达斯汀·卡特，5岁的时候，他经历了一次严重的感染，为了保全性命不得不截去四肢，如果没有器械的帮助，他就只能在地上匍匐前行。但后来卡特开始练习摔跤，然后在比赛中一路碾轧，打败了各位高手，最后这个没有四肢的人取得了州际摔跤冠军。”

秦子愣在原地，说不出话来。

教授收起手机，意味深长地看了看秦子，转身消失在体育馆的门口。

一个月后，教授正在教室里写着板书。突然，教室的门开了，秦子捧着一座金色奖杯走进教室。“教授，很抱歉我迟到了，冠军领奖被安排在最后，耽误了一些时间。”

教授举着粉笔笑道：“恭喜。从今以后，很多不知情的人会叫你天才。”

逻辑的力量

荒白教授问："秦子同学，我看你长吁短叹的，莫非有什么难处？"

秦子回头看见教授正捧着书和教具走到自己身后，于是耸耸肩说："教授，刚才教室里老师给我们讲了半天逻辑，可我觉得那纯粹是浪费时间。"

教授一边和秦子在楼道里并行，一边用手正了正领带，问："你的意思是，学习逻辑是浪费时间？"

"是的，浪费时间。我之前十几年都没学过逻辑，不一样活得好好的？"

教授笑道："你本可以活得更好，活得更辽阔、更自我。"

"我不明白您的意思，学逻辑到底有什么用？"

教授伸出两根手指，说："有什么用是个很功利的问题，那我就给你两个同样功利的答案，但你要记住，逻辑的意义远远不止于此。逻辑的第一个用途在于人的外部，它可以帮你极大地拓宽认知的边界；第二个用途则在于人的内部，它可以帮你真正地主宰自己。"

秦子说："您这相当于什么都没说。"

教授说："我问你，地球有多大？"

"周长四万千米左右？书上是这么写的。"

"要是书上没写呢？"

"那我就不知道了，我不可能用软尺去量吧？"

"是的，这世界上没人能用软尺去量地球，但在逻辑的帮助下，要算出地球的周长，用我这手里的这把直尺就够了。"

秦子看向教授，不解。

"我们只需在夏至那天，等到太阳升至最高时，在北回归线以北的某个位置，把这把直尺立在地上，就能知道地球的周长。"教授在纸上画了一幅示意图，"彼时，阳光正直射北回归线，我们将直尺影子的末端与直尺本身的顶部相连，就能得到光线与直尺的夹角 α，这个角与整个圆周的比值，就是直尺所在地与北回归线之间最短距离和地球周长之比。"

秦子拿过纸一看，惊讶不已。"还真是！"

"这都是中学几何知识。"教授挥了挥手里的直尺，"你不需要用软尺绕地球一圈，而是可以通过一把短短的直尺知道这个自己几乎不可能直接测量出的结果。这就是逻辑的力量，它像杠杆一样放大了你的认知。”

“放大认知？”秦子似乎还有些困惑。

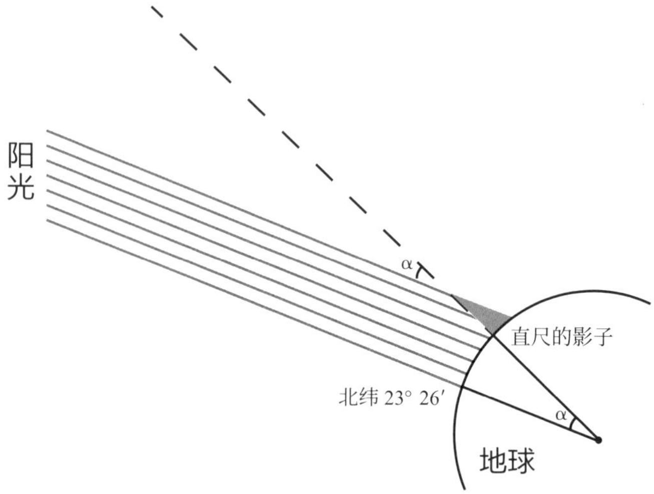

图 3　用直尺测量地球周长的示意图

教授用手指向自己，说：“人眼只能看到 380~780 纳米的电磁波，即可见光。人耳只能听到 20~20 000 赫兹的声音，即听觉响应范围，你知道这意味着什么吗？”

秦子摇头。

教授说：“这意味着对这大千世界来说，人类几乎又聋又瞎，无数的信息在我们小小的感知范围以外，光靠这样的感知器官去认识这个世界实在太难了。”

“那该怎么办呢？”

教授说：“好在我们有逻辑。世间万物都处于彼此的联系之中，我们只要能正确地将感知到的事实串联起来，就可以用已知预言未知，而这种正确串联事实的方式，就是逻辑。无论是庞大如海王星那样的宇宙天体，还是渺小如希格斯玻色子那样的微观粒子，都曾经仅仅存在于逻辑之中，存在于已知指向的未知之中，但最终它们的存在还是被观察印证了。正是逻辑指引我们走出了混沌，如果我们这个物种仅仅被囚禁在小小的感观监狱中，那么这一切都是不可能的。”

秦子愣在原地。

教授看着秦子说：“认识这个世界，光用眼睛和耳朵是不够的，还需要用逻辑去拓宽认知的边界。”教授用手指点了点自己的太阳穴。

“那您之前说逻辑帮人主宰自己又是怎么回事？”

教授说：“很多人喜欢发表观点，但要想拥有独立人格，在吸收别人的观点时就要格外谨慎。”

“为什么？”

“因为观点在进入一个人的大脑后，会影响这个人的行为。一个人格独立者在听到别人的观点时，应该像海关人员那样对这一外来观点进行仔细检查，否则就是在放弃自己精神领土的主权。任由别人往自己大脑输入观点的后果就是变成一个蛋白质傀儡，被别人的想法肆意地玩弄和利用。”教授的面容变得严肃起来。

秦子的冷汗冒了出来。“那应该怎么检查别人的观点呢？”

教授说：“分两个层面：第一，看这一观点在事实上是否可靠、全面；第二，看这些事实被串联起来的方式是否正确，即是否符合逻辑。”

“也就是说……”

“一个没有逻辑的人很难有独立的人格，他们会渐渐成为别人观点的宿主。比如现在很多人认为进化论是假的，认为西方历史全是伪造的，等等，这就属于听到别人说什么就信什么，自己的意识完全被支配了。一个人只有捡起逻辑的武器，才更有机会拥有独立的人格，真正做自己的主人。”教授意味深长地看着秦子，“这便是逻辑对一个人外部和内部的价值。”

秦子看着教授，沉默良久，说：“教授，我懂了，谢谢您。但我有个问题。”

“请讲。”

“您刚才提到那个关于地球周长的问题时，没有考虑到空气折射可能带来的干扰，而且地球不是一个均匀的球体，半径有长有短，同时局部地形也可能影响观测。”

教授笑了，转身离去。“你学得很快，我很欣慰。”

无聊的本质

夕阳下的街道，荒白教授沉默地在前面走着，秦子双手插兜紧紧跟在后面，脸侧带着两块淤青，低着头不说话。

师生二人走了一会儿，在一个路口的红绿灯处停下。教授看着眼前的车来车往，淡淡地问：“为什么打架？”

秦子揉了揉鼻子，说：“对方挑衅在先。”

教授依然没看秦子。“只怕这不是根本原因。”

秦子转头看了看教授，又把视线投向马路上的车流。“根本原因……大概是无聊。”

教授冷哼一声：“我想也是。”

秦子咬牙抱怨道：“一切都太无聊了，太无聊了！您就没感受到吗？我都快喘不过气了！”

教授抬头看着渐渐落下的夕阳，说："确实。依我看，无聊现在已经扩散为一种社会公害了，但我还好，并没有感到无聊。"

"为什么？"

"因为我知道如何保持平衡。"教授伸手指了指远处一根小腿高度的金属横杆，"人要想远离无聊，就需要像走横杆那样，你小时候玩过吧？既不能从左侧掉下去，也不能从右侧掉下去，只要掉下去了，就会感到无聊。"

秦子甩手，说："教授，您说啥呢？什么走横杆？"

教授慢慢走到横杆旁边，回头看向秦子，说："这是一个类比。我是想告诉你，无聊看似一种单质的心态，但其实是由两种相反的极端情况促成的，即消遣太少和消遣太多。要想摆脱无聊，那人就需要确保消遣的数量在不多不少之间处于微妙的平衡，犹如走在这根横杆上一样。"教授用手往下指了指。

"教授，我听不懂。"

"加拿大有位心理学家，名叫詹姆斯·丹克特，他对无聊有过深入的阐述。"教授冲秦子招手，让他走到身边，然后将他扶上横杆。秦子两手乱晃，"哎哎"地保持着平衡，教授则退了一步，插兜看着并继续说道："这位心理学家曾经提到一个实验。研究人员让一群被试进入一间屋子，屋里什么也没有，四周还刷上了白漆，他们就在其中干坐着。没多久，这些被试就纷纷感到烦闷。接下来，随着实验的推进，这些被试身上被安装了电击装置，由他们自己控制，只要启动就会被电一次。经观察，被试中竟然有不少人用电击给自己解闷儿，有个人甚至电击了自己196

次。这些人宁愿选择疼痛，也不愿忍受无聊。”

秦子依然满头大汗地在横杆上努力保持着平衡，一会儿撅起屁股，一会儿挺起腰，总算暂时稳住了身体。他小声地问：“为什么呢？为什么无聊这么让人难以忍受？”

“无聊的环境缺乏刺激，而缺乏刺激会让人不知该如何安放自己的注意力，这有悖于人类这一物种的认知习惯。所以，有句老话说，‘没事就要找事’，这在人类社会中是个跨文化现象。”

秦子微微晃动，问：“您能举个例子吗？”

教授说：“当然。比如，英国有位人类学家名叫奈吉尔·巴利，他曾经去非洲考察一个多瓦悠人村落。在当地开始生活后，巴利发现这个非洲村庄的生活极其无聊，芝麻绿豆大的事都能在人群中被讨论个没完没了。这些村民还喜欢串门，一进屋就坐下聊几个小时，但根本没什么可聊的，话题无非就是庄稼、牛、天气什么的。大家搜肠刮肚地聊，反反复复地聊，你要是不陪着聊，那就是失礼。除此之外，当地人经常喝得酩酊大醉，也是为了对抗无聊，但这已经算好的了。”

“什么叫已经算好的了？”

“因为酒精带来的刺激有时还不够，一些人还会出于无聊而接触毒品和滥用暴力，甚至曾经有青少年在当街杀人后对警方表示自己行凶仅仅是因为无聊。从统计来看，自制力越差的人就越会感到无聊，而越是感到无聊的人就越会没事找事。年轻人，像你这个年纪的学生往往就是没事找事的典型。”

秦子脸红了。“就因为我刚打了一架？”

教授哂笑道：“不，因为你的大脑还没长好。确切来说，是你的神经系统还没发育成熟。负责自制力的前额叶大概 20 岁左右才会发育成熟，在那之前，你想驱散无聊比成年人更难一些。”

秦子站在横杆上，身子又晃了晃，勉强找回了平衡。“教授，您刚刚说的是没有消遣会带来无聊，这我很容易理解，可消遣太多为什么会无聊？怎么又反过来了？”

教授走到了横杆的另一方。“刚才提到的那位心理学家丹克特也介绍了这部分原理，之所以消遣太多时人也会感到无聊，是因为其中隐含着放弃。”

秦子问：“放弃？放弃了什么？”

“放弃了其他本可以得到的好处。”教授推了一下眼镜，“有时候，人们在感到无聊时，其实感知到的是机会成本的上升。所谓机会成本，就是你因为做某件事而不得不放弃的其他事能带来的好处。假设今天傍晚我本来可以去校外开讲座赚 3 000 元，但我现在因为在路上给你讲道理，去不了了，那我给你讲这番道理的机会成本就是 3 000 元。一个人在做一件事时感到无聊，不仅是因为这件事缺乏刺激，还因为此人内心觉得自己亏了。除了手上这件事，本还有其他诸多选择可以带来好处，但自己的时间现在被手头之事占用了。那些不能兑现的好处越来越多，人类演化出来的心智就会对此感到厌恶，于是，无聊的情绪就会提醒自己赶紧去干点儿别的，及时止损。”

秦子问：“可是这有科学依据吗？”

“有的，丹克特为了印证这个理论，专门做了实验。他把不同的人关进空屋子里，啥也不让干，不同的是，其中一部分人的面前摆了好多有趣的玩具。事后，那些面前有玩具而不能玩的人果然表示自己更加无聊，因为他们承担了更高的机会成本。”教授突然话锋一转，“年轻人，你有没有发现，其实让你感到无聊的东西就在你的裤兜里。”

“我的裤兜里？”秦子把手机掏了出来，“您是说这个？”

“是的，国内有研究显示，大学生对手机的依赖与无聊倾向性呈显著正相关。”

“为什么呢？”

“理由很多，但机会成本的提升是其中一个重要原因。我给你打个比方，如果游戏机硬盘里只有一款游戏，那你能玩得很投入，但如果有 150 款游戏，那你玩其中 1 款就意味着你放弃了另外 149 款，特别是其中最好玩的那一款，机会成本太高，你就会玩得心神不宁，无论是什么大制作的游戏，你都玩不进去。电视也是这样，早先电视一共只有几个频道，连遥控器都没有，都是物理按键，人们看节目看得倒也踏实。等后来一台电视里有上百个频道，人们就会按遥控器上的换台键来回浏览，哪个频道都看不进去，并且感到无聊。”

“您说的这些我都经历过，可是这和手机有什么关系？”

“手机的背后其实是移动物联网。现在各个平台上的内容越来越多，然而，视频只能一段一段看，文章还得一篇一篇读。在消费内容时，每个人都在承担越来越大的机会成本，人们渐渐会想，反正除了这个还有更多别的内容，就随便划拉两下看看，但其实每一个都看不进去。这就形成了一个互联网时代的悖论，即内容生产并不能驱散人们的无聊，反而内容越丰富，人们就承担着越大的机会成本，进而感到无聊。”

秦子问：“那该怎么办呢？”

教授突然抖了一下黑色风衣，猛地一跳，稳稳地落在秦子面前，吓得他两脚拌蒜，从横杆上掉了下去，紧捣了两步才没有摔倒。秦子回过头，只见教授双手插兜，站定在横杆之上，居高临下地说：“秦子同学，你得回归现实生活。”

“回归现实生活？”

教授依然在横杆上稳稳地站着。“在现实生活中，人们的感官没有面对那么多选择，也就无须承担太多的机会成本。我刚才说过，要想摆脱无聊，人们就要在消遣得不多和不少之间找到平衡。”

“教授，您是怎么找到这个平衡的？”

“我把注意力放到科研和教学上，又把手机里的许多应用程序都卸载了，而且……”

“而且什么？”

“而且，你还记得我家里那台 PS5 吗？”

“记得。”

教授低头看向秦子，面无表情，说：“你当初缠着我说想要，我就送给你了。”

此话说完，师生二人对视着，陷入了沉默。

幽默的内核是悲剧

荒白教授端着餐盘走过来，问："秦子同学，你在看什么？"

秦子右手举着筷子，左手拿着手机目不转睛。"一篇帖子，教人如何变得幽默。"

教授坐在秦子旁边。"为什么要变得幽默？"

秦子还是盯着手机屏幕，说："都说姑娘们喜欢幽默的男生，我先背几个逗乐的技巧和段子，然后去实践一下。"

"年轻人，逗乐和幽默是不一样的。"说罢，教授冲秦子伸出手，"给我看看。"

秦子抬头看了看教授，把手机递了过去。

教授滑了几下屏幕，然后把手机还给秦子，说："并不幽默，很尴尬。"

秦子梗了一下脖子。“我也觉得有点儿……那怎么办？我该怎么变得幽默起来？我还急着去找姑娘们呢！”

教授一边低头撕牛奶包装盒一边冷言道：“幽默是一种难以学习的品质，有一部分是靠天赋，但更重要的是你得去经历才行。”

“经历什么？”秦子皱眉。

“经历痛苦。”教授用筷子指着秦子面前的餐盘，“你看，你吃的三道菜里都有辣椒，这说明你很可能是个喜欢吃辣的人，对不对？”

“是啊，我对辣味上瘾。”

教授说：“严格来说，辣并不是一种味觉。它是一种痛觉，走的是与甜、咸等味觉不同的神经通路。这就是为什么你用手摸辣椒碎的话，皮肤会被辣到，而把手伸进蜂蜜罐里时，手却不会被甜到。”

秦子点了点头。

“你在吃了辣椒之后，身体就会感到灼伤似的疼痛，大脑为了压制这种痛苦就会分泌一种叫内啡肽的东西，它能镇痛，同时让你感到愉悦。正是这种东西让你对辣上瘾，身体就会用辣刺激口腔以骗取大脑中内啡肽的奖励。”教授吃了一口辣椒，眉头紧皱，脸也涨红了。

秦子看到了教授的窘态，说：“您喝口水。”

“喝水没用，得喝牛奶。”教授仰脖喝了几大口牛奶，总算缓过来点儿，“你知道吗？在我看来，幽默其实就是一种文化意义上的内啡肽，它是痛苦的产物。”

“怎么说？”

“一个人要想成为幽默的人，往往需要饱经痛苦。当精神上处于煎熬之中时，人格为了宽慰和保护自己，就会营造出幽默，以带来镇痛的效果。”教授深吸了一口气，“世界上的一些著名的喜剧大师都在精神上饱受折磨和煎熬。卓别林有着十分悲惨的童年，父亲酗酒成性，母亲精神失常，他本人在感情上经受过多次剧烈打击，一生郁郁寡欢。金·凯瑞也是，家境贫寒，被迫休学，亲人长年饱受病痛折磨，后来他的女友还自杀了，他也因此深陷抑郁旋涡。”

教授清了清嗓子，继续说：“别忘了，还有喜剧大师罗宾·威廉姆斯，他最终在家里用一根绳子上吊自杀……这一切就像陈佩斯说的那样，喜剧的内核是悲情。”

秦子表情沉重，不再说话。

“在我看来，幽默的本质是内心痛苦的溢出，通过网络和文艺作品的传播，本来用于个人情绪镇痛的幽默能给更多的人带去快乐，但作为幽默源头的那个人其实是在为众人奉献自己。”教授抿嘴，“你明白我的意思了吗？幽默绝不是背几个段子就能有的品质，它是深沉而阴郁的，单薄轻快的人生阅历很难孕育出幽默，就好像塑料花盆里长不出参天大树。”

“教授，您虽然说了很多，但这都是泛泛之谈……”

教授顿了一下，把碗筷放好，说：“好，那我就给你举一个具体的例子。美国有一位非常了不起的喜剧演员，叫琼·里弗斯，你知道吗？”

“嗯，听说过。”

“有一次，里弗斯出门忙工作，她留在家里的15岁女儿突然接到了一通电话，电话那边的人让这个小女孩向她妈妈转达一个消息，女孩的爸爸，也就是里弗斯的丈夫自杀了。”

秦子睁大了眼睛，没说话。

教授捕捉到了秦子的表情。“是的，这个消息非常突然。就在事发前一天，父女二人还通过电话，爸爸说第二天就回家，但女儿等来的却是爸爸的死讯。里弗斯回家以后陪着女儿一起为丈夫守灵。在那几天中，深受打击的女儿精神恍惚，完全进入一种魂不守舍的木讷状态，里弗斯无论做什么都触动不了孩子的心。守灵结束后，里弗斯带着自己悲伤失神的女儿去一家消费极高的餐厅吃饭。里弗斯入座后，打开菜单看了一会儿，对身旁的女儿说：‘孩子啊，你爸如果还活着，看到这个菜单价格，肯定还得再去自杀一次……’”

秦子捂着脸笑出了声。

教授说：“女儿也笑了，里弗斯说自己的孩子一下就回来了。你看，这就是幽默，一种文化意义上的内啡肽，精神上的镇痛剂。”

秦子笑了一会儿，收起手机，看着眼前的餐盘若有所思。教授突然把自己的手机递了过去，秦子看到了屏幕上的照片。

“这是什么？”

“这是金·凯瑞在给他的女友抬棺。一个享誉世界的喜剧天王穿着一身黑色，满脸悲伤颓丧地抬着自己心爱之人的棺材。以后你在因为别人的幽默哈哈大笑之后，或许应该记得感谢他们，要知道，有时候这种欢笑是他们用精神上的酷刑换来的。”

秦子默默地站起身，拿起餐盘走了，没走两步，突然转头对教授说：“教授，我有些担心，因为同学们都说您是个特别幽默的人。”

教授低着头没说话，夹起一根辣椒放进嘴里。他咬紧牙关，满脸通红，汗珠从额头上慢慢滑落。

“远方”在此刻的意义

秦子推门进入荒白教授的办公室，见屋内光线昏暗，教授独自坐在台灯旁的沙发上，捧着一本书读着。秦子悄悄走到教授跟前，看了眼书的封面，笑了。

教授依然盯着书，没抬眼，翻了一页。“有事？”

秦子指着书的封面说：“博尔赫斯，伟大的阿根廷作家和诗人！”

“嗯……”教授又翻了一页，“你读过他的哪部作品？”

“一部都没读过。拉丁美洲的事都发生在世界的另一端，离我太远了。”秦子转身开始翻教授的抽屉找咖啡胶囊，“反倒是您很奇怪啊……我记得您是人类学家吧？怎么读起拉美文学了？”

“恰恰因为它离我遥远。”教授把书放下，眼睛看向秦子。

秦子一边翻抽屉一边抬头看过来。“我有种不祥的预感，您又要开始讲大道理了……”

教授说：“咱们人类学界有个老前辈，叫费孝通，20世纪40年代，他写过一本经典，名叫《乡土中国》。”

“嗯，您上课时讲过。”

“这本书里描述了两个现象。一个是农民看见蚂蚁在搬家，就会忙着去田里开沟，这是农民从朴素的生活经验出发，认为接下来会下雨，所以要提前做准备。还有一个是婴儿啼哭不止的时候，老太太会用蓝青布包着咸菜擦孩子的口腔，因为老太太认为这是孩子牙根上生了‘假牙’，吃奶时会疼，擦擦就好了。”教授站起身，走到咖啡机旁边，拿出放在书后边的胶囊，在机器上放好，“费孝通先生对这两个现象的洞察十分深刻，在他看来，这是乡土中国环境下的一个常见的认知习惯，即手段直接关联目的，而不必深究原理。”

秦子把抽屉合上，搓着手也走到咖啡机旁边。“农村老太太给小孩子擦嘴和您读拉美文学有什么关系？”

教授端起一杯咖啡，转身靠在桌沿上，说：“费孝通先生写这本书的时候还是七八十年前，当时中国还没有实现工业化，受到交通和物流的限制，大多数中国民众都长久地生活在彼此之间相对隔离的村庄里。而在这种稳定单质的小环境中，人们并不需要什么深刻且广泛适用的理论，只需要把手段和目的直接关联起来并记住就足够应对生活了。看见蚂蚁搬家就开沟，看见孩子哭闹就擦嘴，问题就解决了，至于蚂蚁搬家和天气到底有什么关系，为什么用咸菜擦一擦婴儿的嘴就能止哭，就没有必要较真儿了。不思考原理，就这么直接去做，这便是经验和直觉。”

秦子接过教授递给自己的咖啡，喝了一口。“经验和直觉哪里不好？我不觉得有什么问题。”

“要视情况而定。如果一个人决心一辈子都生活在某个小而稳定的环境中，那么靠各种经验也足够生活了，但经验有个很大的问题，就在于适用范围小。换一个环境，蚂蚁和天气之间的关系就会变；换一个时间，孩子就会因为别的原因哭。手段与目的之间的关联消失了，人就会陷入彷徨失措。”教授用手指点着桌面上的《重走：在公路、河流和驿道上寻找西南联大》，“如今，因为物流和交通的发展，人口流动超越了过往历史中任何一个时代，费孝通先生曾经任教的西南联大就是个例子。1938 年 2 月，该校 300 多名师生从长沙出发去昆明，足足用了 68 天，但今天从长沙去昆明，坐飞机仅需两个多小时，坐高铁也才五个多小时而已。”

秦子心里大概算了一下。“天哪……这交通效率提升了 800 多倍！”

教授点头，抿了一口咖啡。“所以，越来越少的人，特别是年轻人甘愿守在一个小地方度过一生。在这种生活环境的剧变中，要想突破经验和直觉的局限，人们就需要更加深刻的规律带来更具普适性的指导，但越是深刻的规律，就越是需要遥远的知识来孕育。”

“您能举个例子吗？”

“当然。比如说进化论，这是当今自然科学的钢梁骨架之一，是生命活动的基本原则，其深刻性不言而喻。当年达尔文乘着‘比格尔号’用五年的时间游历了全世界，在见到了全球各地无数稀奇古怪的生物后，他脑海中关于生物进化的点子才渐渐清晰起来。因为观察到的现象越多，且现象彼此之间越遥远，其共性体现的规律就越接近底层，而规律越接近底层，就越是深刻且具有普适性。”

“您举的这是自然科学的例子，可您读的拉美文学不算自然科学……”

“那我再举一个人文领域的例子。陈寅恪先生——学者中的学者，专家中的专家，他在完全没有学位和论文的情况下就被破格聘为清华大学的导师，足见学界对其渊博学识的仰慕，而他这种渊博学识在很大程度上体现为他所掌握知识面的跨度之大。陈先生游历过欧美，并先后学习过梵语、藏语、巴利语、满语、蒙语、回鹘语，当然还有拉丁语和希腊语等，至于英语、法语、德语、日语等现代语言则更不在话下。一人掌握古今十几门语言，就可在天南地北各个民族的精神世界中闲庭漫步，那些第一手材料，那些差异化的叙事，那些彼此相距甚远的民族内部不加掩饰的‘私房话’都被他一一审视。而正是得益于这样渊博的学识，那些底层的、深刻的、跨民族的、跨文化的规律才会被其洞察总结。”

秦子端着咖啡杯陷入思考。

教授说："回到我读拉美文学这个话题。虽然你我不大可能思考出进化论那样的伟大理论，也没机会再现陈寅恪先生的渊博学识，但咱们总是需要一些更稳固、更深刻、更具普适性的规律去应对随时变化的境遇。那些离你的生活很近的书，它们所阐述的现象也离你很近，这样的信息是难以把你从固有的经验和直觉中真正解放的，而是会更多地将其强化或修正。所以不要只看那些和自己直接相关的书，这是精神上的软禁，在理想状态下，任何领域的书都可以看，要在规模化的阅读中去追求广博，在无拘无束的涉猎中日积月累。这样一来，一个人才有机会结束经验和直觉对自身的软禁，走向深刻和无限。"

"……听您这么一说，我也想读读博尔赫斯了。"

"光是读还不够，最理想的状态是和陈寅恪、达尔文那样的大师一样，精神和肉体都抵达远方，这对一个人的成长很有价值。"

秦子说："可是，教授，我想起之前有句诗是这么说的：远方除了远，一无所有。"

教授走回沙发，重新拿起博尔赫斯的书，说："远，就够了。"

脑内繁星

夜晚的甲板上徐徐吹来清新的海风。秦子睡不着，伸着懒腰从船舱内推门出来，没走两步，见船头立着一个人的背影，正是荒白教授。他没穿平时的风衣，这次换上了一套灰色 T 恤和黑色牛仔裤，脚下还踩着人字拖，正扶着栏杆沉思。秦子笑了，蹑手蹑脚地走过去，想吓老师一跳。

秦子举着胳膊，离教授还差两米时，教授扶着栏杆没回头，冷冷地说："没睡着？有心事？"秦子一听顿住了，慢慢把手放下，凑到教授身边，趴在栏杆上，说："我就是单纯地睡不着，不过要说心事嘛……也有。"

教授依然看着夜色中的大海。"讲。"

秦子说："教授，您看，我这段时间一直上您的课，学了不少知识，可我只能记住其中一部分，还有好多我都还给您了。这次您带我出海做田野调查，可我相信，学到的大部分知识，我将来还是会忘记的。几年的努力积累就是为了将来的遗忘，想到这点，我实在不甘心，可是又无能为力。”

教授的表情依然沉静，他插兜看着远方的海平线。“要把知识记得牢靠很简单，那就是你要尽可能地把它们用一个故事联系起来。人类这个物种就是这样，凭空记忆很难，联想却很容易。”

秦子皱眉，下巴枕在胳膊上困惑地说：“可是，教授，哪儿那么容易呢？在我看来，好些知识根本就没什么联系呀。”

教授说：“学习其实是一种加速的自我反馈，学知识学得越多，就越容易发现它们之间的联系，而越容易发现联系，学新知识就学得越快。”

“教授，您能举个例子吗？”

“当然。”教授伸手指向远方天际，“你看到海平线上方不远处有四颗显眼的星星吗？”

“看见了，那是什么星座吧。”

“南十字座。咱们现在位于海上，那我就从这个星座开始，串联出一个故事。”说罢，教授伸出右臂，手掌张开，推向天际看了看。

秦子下巴依然枕在胳膊上，小声嘀咕：“您这是干吗呢？”

教授依然举着胳膊观察着夜空远方的群星。“这个姿势来自波利尼西亚人的航海技术，是用来确定纬度的。”

秦子抬起头撇嘴，问："您冲着天上一举手就能知道纬度？怎么知道？是通过祈祷吗？"

"是通过测量。"教授把秦子拉到身边，用下巴往远方的星辰指了指，"南十字座最下方的那颗叫作 Acrux（南十字二），它在夜空中的高度会有起伏，现在它正好运行到天际的最高处，用手掌测量它就可以判断咱们所处的纬度。"

秦子皱眉，问："怎么测量？"

教授举着右手，说："从我的这个角度来看，我的手与南十字座构成了一个透视关系。当拇指指尖与天际线相切，且和食指指尖的连线与天际线垂直时，手指上的各个关节即对应着不同度数。"

秦子问："都是什么度数？"

教授用左手指着自己的右手各处依次说："食指第一关节对应着 12 度，第二关节对应着 15 度，第三指关节对应着 18 度，而中指指尖对应着 23 度，只要在航海时对已知星辰高度做相应加减，即可算出咱们所处的纬度。"

"您具体说说？"

教授点头，说："当人在赤道观察 Acrux 时，它最高应在海平线上空 27 度，由于南十字座位于夜空中的南方，因此，越往北航行，这颗星的高度就越低。如果船只向北行驶 3 度，那么这颗星的高度就会在天空中下降 3 度，变成 24 度。现在，我用裸掌测量 Acrux 的高度，从透视关系来看，它在天空中的位置比我的第三指关节对应的 18 度稍低，说明此星高度约为 17

度，赤道的 27 度减 17 度得 10，这意味着咱们当下正位于北纬 10 度的大海上。但这个方法会受到大气折射和手掌尺寸的影响，需要用经验修正。”

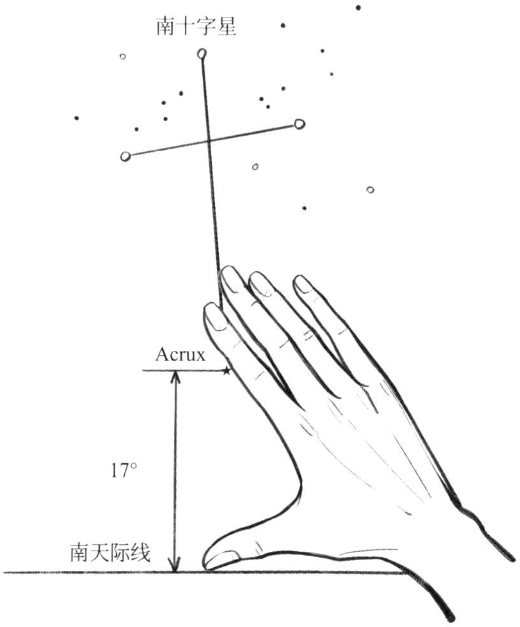

图 4　南十字星底端的 Acrux 星出水高度的测量

秦子也似懂非懂地伸手比画了一下，教授在旁边插兜看着，问他：“秦子同学，你有没有看过一部迪士尼动画片，叫《海洋奇缘》？”

秦子依然看着自己的手，说：“看过啊……哎，等会儿！我想起来了！动画片里的女主角莫阿娜也做过这个动作！她就是波利尼西亚公主！”

教授笑道：“你看，这么一会儿咱们不就把知识联系起来了？有天文，有地理，有人类学，还有动画片，以后你提起其中一个就能联想起一长串，这样就不容易忘了。”

秦子也笑了，转身靠在栏杆上，问：“那教授，您还能继续串联吗？”

教授说：“当然可以。我来想想……比如说，郑和下西洋你肯定知道。”

秦子点了点头。

教授说：“明朝的文献收录了几幅郑和在航海过程中留下的过洋牵星图，如果你把这些图找来看看，你就会发现在中间图示的四周写有一些看起来奇怪的语句，比如‘灯笼骨星……七指平水’。”

秦子道：“确实啊，这些话莫名其妙的，什么‘灯笼骨星’，什么‘七指平水’，都是啥意思？”

“灯笼骨星也叫灯笼星，是中国古人对南十字座的称呼。至于‘七指平水’，就是船员用手指测量海平面上星辰高度的术语。说白了，这句奇怪的话，就是郑和舰队出行时的航海坐标。”

秦子惊讶地说：“用手指测海面上南十字座的高度来确定坐标？这不是和波利尼西亚人一样吗？!”

教授说：“不完全一样，但有共同之处。在古代中国，南方沿海人民摸索出了一套用手指透视法测量北斗星和其他星星高度的技巧，和波利尼西亚人的手势有所不同，但基本原则和内涵却是高度一致的。”

秦子说："这是不是说明……"

教授点头道："是的。现在有越来越多的学者相信，波利尼西亚人的源头在中国南方，和古代的'百越民族'有着千丝万缕的联系，从考古发现和语言学等方面能找到诸多证据。所以，这两种用手指测量星辰高度的航海技术，可能在遥远的过去有着共同源头，并在后世被华夏民族和波利尼西亚人分别继承，最终演化出不同的流派。你看，咱们又联系上了历史知识。"

教授转头看着秦子，问："你有没有听过一首歌，名字叫《孤单北半球》？"

秦子说："听过啊。"说罢，他轻轻哼起旋律来。

教授说："没错，就是这首歌，你刚哼的这段旋律的歌词是'让你能看到十字星有北极星做伴'。北极星只有在北半球才能看到，而完整的南十字座只能在北纬25度以南被看到，咱们现在位于北纬10度的大海上，正好就是歌词里唱的这种情况。"

秦子挺直身子，踮起脚尖朝南北看了看，惊喜地说："哈哈！教授，是真的！我真的能看到十字星有北极星做伴！"

教授也转身靠在栏杆上，望着夜色下的海平面，说："以后，你一哼起这首歌，就会想起南十字座，接着想起Acrux，再之后就会依次想起《海洋奇缘》、波利尼西亚人和他们的航海术，还有他们和中国古代的'百越民族'的关系，以及郑和舰队出航时的坐标，而每个知识点又能继续拓展联系，这就是知识之间的联想。"

秦子点了点头。

教授抬头道："你看这满天星辰，要依次记住每一颗星的名字和位置只怕是很难的，但如果你把星星串联起来，并赋予它们故事，那么记住它们就会容易很多。"

秦子也抬头看向天空，说："您的意思是说，我应该努力做一个脑内有繁星的人。"

教授点头道："还要有星座。"

尾声　验收日

“教授，该走了。”秦子同学一边打着领带一边走进荒白教授的办公室，“学校董事会的人都到了，我给他们做完学年汇报，咱们就又能出田野了，我一直想去趟新几内亚……”

荒白教授斜靠在窗前，没转身，看着窗外沉默不语。

秦子朝教授走去。“您会系领带吗？帮我一把，我不会打温莎结……您怎么喝了这么多咖啡？!”秦子走到跟前才看到，窗台上横七竖八地倒着许多咖啡罐，再抬头一看，教授下巴处已经长出一层胡碴，脸上挂着黑眼圈，头发也乱得能让鸽子孵蛋。秦子之前没见过荒白教授这么不修边幅的样子，愣在原地说不出话。

教授缓缓递给秦子一张纸，说：“联合国的信，我昨晚才收到，你路上看。”说罢，教授拿起椅背上的西装，和秦子一前一后出门了。

学校教务处办公室里，几张桌子被拼在一起，盖上了红色绒布，五位学校董事会成员坐在长桌后边，低头翻阅着文件，屋内气氛安静，只有天花板的吊扇在小心翼翼地转着。

“全优……”学校董事长戴上老花镜，皱眉眯眼读着手中的教学评价单。看完，董事长对秦子说：“这位同学，今天是本校董事会对人类学专业的考查评测。早在学年之初，我们中的一位校董就已经和荒白教授约定，用这种方式验收他的工作，并决定人类学专业是否可以在本校继续存在，这是非常严肃的一件事。”

秦子同学一身西装，端坐在长桌前的椅子上，后背挺直，表情肃穆。“我明白此事的严肃性。”

董事长双手抱在胸前，微微抬头说：“可是……我看到你给荒白教授的评价单上所有的评分项写的都是优秀，在冷山大学的历史上，还从来没有一个老师能得到这种评价。秦子同学，你不觉得这份评价单有些流于形式吗？”

秦子摇头道：“丝毫没有，这份评价单是完全契合事实的。”

“这么说，你很喜欢荒白教授？”

秦子笑道：“何止是喜欢，简直是仰慕。”

坐在一旁的荒白教授听到这儿，低头挠了挠下巴。

董事长和身边的几位互相对视，笑道：“那咱们的考查会正式开始。”旁边的年轻校董打开了三脚架上的录像机，桌上的录音笔电源也亮起红灯。

董事长问："秦子同学，你给荒白教授的评价是全优，那能否说说你从他那儿都学到了什么？"

秦子笑道："我还记得第一学期刚开学的时候，我去荒白教授的办公室，看到他正在研究甲骨文。我当时很不理解，就问研究那个有什么用，还对他挑衅了两句。然而，荒白教授并没有对我发火，而是从一部好莱坞电影给我讲起，并一路串起了整个中国的文脉。同时，他还让我第一次学到了精神共同体这个概念，特别是当他说出巍巍华夏那四个字时，我被震撼得身体都有些发抖。"

"所以，你从荒白教授那里学到了历史知识，还获得了民族自豪感？这会不会让你产生沙文主义倾向？你这个年纪的学生很容易走极端。"

秦子摇头，说道："有一次，我看到荒白教授在研究希腊建筑，我又忍不住向他挑衅。但教授依然没有对我发火，他从我的坐姿讲起，介绍了地中海文化和佛教的东传，还介绍了中国传统礼仪的演变，并告诫我在追求美好生活的过程中，要包容开放，要慕真、慕善、慕美，无论它们在哪儿。荒白教授从来没有给我灌输过任何一丝极端主义。"

董事长点了点头。"嗯，你还从荒白教授那儿学到了开放包容的品质。还有吗？"

秦子说："当然还有。比如，之前外星母舰突然出现在冷山市上空时，学校里的所有人都疏散了，我当时也吓坏了，打算逃命的时候见荒白教授坐在长椅上慢条斯理地看书。我劝他一起进掩体，但他很淡定，告诉我野蛮的价值观支持不了先进的技术，一个能来到地球的文明必然不会是野蛮的。我过去时常会把野蛮和强大混淆，但荒白教授对人类历史的回顾告诉我，野蛮残酷往往是发展的阻碍，和平文明才是强大的保障。那是对我世界观的一次颠覆，之前我相信拳头强于道理。”

董事长笑了，身体前倾。“这么说，荒白教授还让你理解了强大？”

秦子点了点头，说：“教授不只让我理解了强大，还在生活中教我如何走向强大。之前我要参加学校的空手道比赛，但状态一直不好。我当时以为单纯靠苦练就能变强，但教授直白地批评了我，他指出吃苦就能进步的执念仅仅是种迷信，并给我介绍了3F练习法，还手把手地纠正我的技术，最后我拿到了冠军。我甚至在想这样对其他选手是否有些不公平，因为他们无法得到荒白教授的指导。”

董事长说：“嗯，我明白了。照你这么说，你不仅从荒白教授那儿学到了知识，更重要的是还学到了方法论和价值观。那么，你和教授之间有什么难忘的共同经历吗？”

秦子说：“实在太多了，就说一个我最难忘的吧。有一次放假的时候，教授执意拉着我去给山里的孩子送书，我当时很不乐意，觉得让山里人读书根本没意义。但荒白教授从一个监狱里的小故事讲起，说到苏联人类学家的田野调查，又说到人类神经系统的运转规律，最后终于让我明白，读书是非常重要的一件事，它能极大地提升一个人对抽象概念的理解，并让人从中得到根本尺度上的指向。这些见解和知识是我之前闻所未闻的。”

校董们纷纷对视点头。董事长说：“秦子同学，我们之前以为你只是为了保住荒白教授的工作而用评优维护他呢，看来你确实从他那儿学到了一些知识，更重要的是，你获得了价值观上的提升。那么现在，我和校董们要正式询问你的意见了。”

秦子听罢点头，挺直背坐好。

“秦子同学，你在过去的一学年里，对荒白教授的工作是否满意？”

“十分满意。”

董事长点头。“那么，你是否愿意继续在人类学专业就读？”

秦子的眼神突然闪烁起来，他转头看向荒白教授，但教授早就不在刚才的地方，他从办公室里消失了。

董事长有些困惑，又问了一次：“秦子同学，请问你是否愿意继续在人类学专业就读？你的意见对我们是否保留这个专业非常重要。”

“我不确定。”

现场响起一阵困惑和惊讶的低语声，董事长也把老花镜摘下来拿在手里。“秦子同学，你说什么？你不确定？”

秦子微微低下头，看着地面，从西装内兜里拿出一张纸。“这是一封来自联合国教科文组织的信，来这里的路上，我读了一遍，这就是我没能回答您刚才那个问题的原因。”

董事长和身边几位又对视了一番，问道：“信中说了什么？”

“信中说，疫情肆虐非洲，一些地区正遭遇严重的人道主义危机，其中就包括使用虹语的地区。虹语是一门濒危语言，本来全世界使用者只有区区几百人而已，现在疫情袭来，死了不少人。最重要的是，当地人语言生僻且心怀警惕，所以外界和他们交流极难，救援措施几乎无法开展。再这么下去，当地人不仅无法摆脱痛苦，这门濒危语言也有被该传染病灭绝的危险……”[①]

董事长问：“这和你有什么关系？”

秦子说：“我的父母是无国界医生，在我小的时候，他们在非洲南部虹语使用区帮助当地人民抗击过疟疾，所以，我7岁前都是在虹语环境中成长的。在全球主要国家，能熟练掌握这门语言并熟知当地风土人情的人屈指可数。”

董事长问：“所以，联合国教科文组织正在寻找你这样的人？”

秦子说：“是的，他们急需翻译。眼下时间并不站在人类一方，事态危急，我会和父母联系，今天下午就离校，尽快抵达当地。”

董事长皱眉问道：“那么，你会离开多久？”

秦子说：“我不知道，但至少要等这场疫情的威胁完全消失。另外，眼下这门语言的处境实在是太危险了，联合国在信中说，他们还希望我能留在那儿继续做一些人道主义工作，这可能需要

① 此信为作者虚构。

3~5 年。”

董事长转身看了看身边的几位校董，大家都摇了摇头。董事长抿起了嘴，说：“秦子同学，如果你的意思是希望学校能帮你保留 5 年学籍，这恐怕很难。学校在本科生阶段从来没有这个制度，如果你现在选择去非洲，那我们只能为你办理退学，而你退学就意味着人类学专业没有学生了，荒白教授就要离开学校，你明白吗？”

秦子说：“我明白，荒白教授也明白，这封信是他交给我的。”

长桌对面又是一阵交头接耳。董事长环顾了一下办公室，发现荒白教授不在，他双手在桌面上扣在一起，拇指互相绕个不停，问：“秦子同学，你真的要选择去非洲吗？毕竟，这世界上到处都有苦难，你就算想帮也帮不过来，不如务实一些，把自己的学业完成，这样对你将来的就业也更好。”现场一片附和之声。

董事长继续说：“我还可以向你交底，通过你刚才的评价，荒白教授的工作验收非常顺利，如果你选择继续进修，那么人类学专业是可以保留的，荒白也依然可以留校做教授。他的水平很高，你甚至可以读他的研究生，只要你不像他那样固执地选择边缘领域，随便找个热门课题，在他的指导下，你很快就能在学界扬名。”

秦子笑道：“我记得和荒白教授第一次见面时，我曾经在门外偷听过他和校董的争执。教授当时说，名利并不是人类学的重点，让学生体会到人文自然之美，通过感悟人类文化的多样性，进而反思、完善自己，成为一个更好的人，并最终增进人类社会的幸福，才是人类学的意义。我出于偶然掌握了一门濒临灭绝的语言，眼下，我本可挽回人类文化多样性的重大损失，我本可增进人类社会的幸福，然而，如果我为了自己的名利、为了荒白教授的工作而逃避责任，任由本可由我助力避免的灾难降临，那么这将是严重的背叛。在此事上，我绝不能有任何退缩，你们知道为什么吗？”

长桌后的校董们纷纷摇头。

秦子站起身，眼眶红了。“因为我是荒白教授的学生。”

“秦子同学刚刚这番话让我觉得过去的一年没有白费。”众人循声望去，只见荒白教授站在门口，腿边立着两个大旅行箱，“我都帮你把东西收拾好了。”

秦子走过去，笑了。“您怎么知道我会选择走？”

荒白教授也笑了。“可能人类学家看人比较准。”

校门口，秦子把行李放好，关上了后备厢，看了看冷山大学的挂牌，又看了看挂牌前的荒白教授，问道：“您打算去做什么呢？”

荒白插着兜，耸了耸肩，说：“我也没想好，也许先休息一段时间，看看话剧，弹弹吉他，还可以研究一下手冲咖啡。”

“荒白教授，咱们以后还会见面吗？”

“我已经不是教授了。”

秦子用手指点着自己的胸口，说：“在我心里，您永远是教授，我相信咱们以后一定可以再见的。”

司机按了两声喇叭催促起来。

荒白看了看天上的白云，又看了看秦子，嘴唇微微颤抖，但还是笑了。他点了点头，说：“好。那么，再见，秦子同学。”

“再见，荒白教授。”

冷山大學

参考文献

[1] 北京航天飞行控制中心 . 月背征途——中国探月国家队记录人类首次登陆月球背面全过程［M］. 北京：北京科学技术出版社，2020.

[2] 张欢欢 . 先唐嫦娥神话考辨［D］. 福建师范大学，2018.

[3] 陈连山 . 月亮的圆缺变化与不死观念——论中国古代神话中月亮的能指与所指 [J]. 广西师范学院学报（哲学社会科学版），2014，35（03）：1-4.

[4] 柯小杰，张沙 . 嫦娥形象的变迁与中秋节“团圆”意象的构建［J］. 楚雄师范学院学报，2021，36（02）：134-139.

[5] 杨冬梅 . 论月亮神话及其民俗事象的传播与衍化［J］. 齐齐哈尔大学学报（哲学社会科学版），2014，（06）：104-106.

[6] 奚林元 . 蟾蜍图腾寓意诠释［J］. 齐鲁艺苑（山东艺术学院学报），2009，（02）：89-91，96.

[7] 自明 . 欧阳自远——中国探月“领路人”［J］. 今日科苑，2013，（21）：11-14.

[8] 欧阳自远 . 我国月球探测的总体科学目标与发展战略［J］. 地球科学进展，2004，19（03）：351-358.

[9] 朱鹏 . 汉代月亮神话的图像研究［D］. 河南大学，2017.

[10] 谢婉若 . 古代月神话与月崇拜研究［D］. 四川大学，2006.

[11] 李东秦 . 中秋节与月崇拜［D］. 中南民族大学，2011.

[12] 郑秀娟，旷红伟 . 生命印记与地球年轮——破译叠层石［J］. 矿物岩石地球化学通报，2020，39（03）：677-681.

[13] 梅里曼 . 大屠杀——巴黎公社的生与死［M］. 刘怀昭，译 . 北京：中国政法大学出版社，2017.

[14] 鲍尔 . 明亮的泥土［M］. 何本国，译 . 南京：译林出版社，2018.

[15] 石东玉 . 图说中国绘画颜料［M］. 北京：中国科学技术出版社，2019.

[16] 肖世孟 . 先秦色彩研究［D］. 武汉大学，2011.

[17] 杨贤 . 中国古代服饰制作工艺研究［D］. 武汉理工大学，2006.

[18] 朱洁 ."红" 色彩文化研究［D］. 武汉理工大学，2006.

[19] 杨希义 . 唐代丝绸织染业述论［J］. 中国社会经济史研究，1990（3）：24-29.

[20] 平克 . 人性中的善良天使［M］. 安雯，译 . 北京：中信出版集团，2015.

[21] 戴蒙德 . 昨日之前的世界［M］. 廖月娟，译 . 北京：中信出版集团，2014.

[22] 戴蒙德 . 崩溃［M］. 廖月娟，译 . 北京：中信出版集团，2022.

[23] 艾利克森，普尔 . 刻意练习——如何从新手到大师［M］. 王正林，译 . 北京：机械工业出版社，2016.

[24] 张笑宇 . 技术与文明［M］. 桂林：广西师范大学出版社，2021.

[25] Alexander, Bruce K. (2001). "The Myth of Drug-Induced Addiction," a paper delivered to the Canadian Senate, January 2001, retrieved December 12, 2004.

[26] Weissman, D. E. &Haddox, J. D. (1989). "Opioid pseudoaddiction: an iatrogenic syndrome," *Pain*, 36, 363–366, cited in Alexander 2001, op cit.

[27] Slater, Lauren. (2004). *Opening Skinner's Box: Great Psychological Experiments of the Twentieth Century*, New York: W.W. Norton & Company.

[28] Alexander, B.K., Coambs, R.B., and Hadaway, P.F. (1978). "The effect of housing and gender on morphine self-administration in rats," *Psychopharmacology*, Vol. 58, 175–179. PMID 98787.

[29] Benedict Anderson. "In the World-Shadow of Bismarck and Nobel," *New Left*

Review. July–August 2004 (2007-10-05).

[30] Pavard, Samuel; Metcalf, C. Jessica E.; Heyer, Evelyne (5 March 2008). "Senescence of reproduction may explain adaptive menopause in humans: A test of the 'mother'hypothesis," *American Journal of Physical Anthropology*. 136 (2): 194–203. doi:c10.1002/ajpa.20794. PMID 18322919.

[31] Dawkins, Richard (1976). *The Selfish Gene*. New York City: Oxford University Press.

[32] Alexander, R.D. (1974). "The Evolution of Social Behavior," *Annual Review of Ecology and Systematics*. 5: 325–83. doi: 10.1146/annurev.es.05.110174.001545.

[33] Campbell, B. (1971). *Human Evolution: An Introduction to Man's Adaptations*. Chicago: Aldine.